D0356291

LA
VIAJERA
DEL
TIEMPO

LA VIAJERA DEL TIEMPO

LORENA FRANCO

**FINALISTA DEL
III CONCURSO INDIE**

WITHDRAWN

amazonpublishing

Los hechos y/o personajes de este libro son ficticios. Cualquier parecido con la realidad es mera coincidencia.

Título original: *La viajera del tiempo*
Edición original autopublicada en España, 2016

Publicado por:
Amazon Publishing, Amazon Media EU Sàrl
5 rue Plaetis, L-2338, Luxembourg
Septiembre, 2017

Copyright © Edición original 2016 por Lorena Franco
Todos los derechos están reservados.

Producción editorial: Wider Words
Diseño de cubierta: lookatcia.com
Imagen de cubierta © Novarc Images / Alamy Stock Foto; © Chutikarn Y
© Grigor Ivanov © scubaluna © J. Marijs/Shutterstock

Impreso por: Ver última página
Primera edición digital 2017

ISBN: 9781542045438

www.apub.com

SOBRE LA AUTORA

Nacida en Barcelona en 1983, Lorena Franco es actriz, presentadora y escritora. Compagina su exitosa carrera interpretativa —en la que destacan sus actuaciones en series como *El secreto de Puente Viejo* o *Centro médico*, y largometrajes como *Paharganj*, la última película que ha protagonizado y que le ha abierto las puertas a Bollywood—, con una incipiente carrera literaria que la ha convertido en una de las autoras más leídas y mejor valoradas del momento.

Con once títulos publicados en Amazon, entre ellos *Quédate conmigo*, *Historia de dos almas*, *El fantasma de Marilyn*, *Las horas perdidas* o *Lo que el tiempo olvidó*, Lorena Franco fue finalista del Concurso Indie 2016 de Amazon con *La viajera del tiempo*, una de las novelas más vendidas de la plataforma en Estados Unidos, México y España, y *best seller* en Francia desde su publicación ese mismo año. Esta historia cautivadora y enigmática ha atrapado ya a lectores de todo el mundo... y lo seguirá haciendo.

PÁGINAS DE LA AUTORA

Página web:
http://www.lorenafranco.net
Blog:
http://lorenafranco.wordpress.com
Facebook:
https://www.facebook.com/lorenafranco.escritora
Twitter:
https://twitter.com/@enafp
Instagram:
https://www.instagram.com/enafp

Podrás recorrer el mundo, pero tendrás que volver a ti.

KRISHNAMURTI

Toda una vida

—¿Qué es el amor?

Eso fue lo que le preguntó una niña de cinco años a su hermano mayor. Y él le respondió:

—El amor es cuando tú me robas cada día mi trozo de chocolate del almuerzo y, aun así, yo sigo dejándolo en el mismo sitio para ti diariamente.

Esa niña que le robaba un trozo de chocolate a su hermano, apenas dos años mayor que ella, era Lia Norton. A lo largo de su vida nadie había sabido explicarle con tanta claridad qué era el amor. Al menos no como lo hizo aquella mañana de un frío día del mes de noviembre de 1987 William, su hermano. Se adoraban. Aquellos chiquillos rubios, de tez blanca y ojos azules como el cielo, no podían vivir el uno sin el otro, puesto que en realidad estaban muy solos en el mundo.

William cuidaba de Lia, en casa y en la escuela, siempre vigilando que la traviesa de su hermana no se metiera en líos. Compartían juegos, risas y, de vez en cuando, se enzarzaban en alguna discusión que siempre se solucionaba gracias a William y a su carácter afable. Con solo siete años, él llevaba la pesada carga de ejercer de padre y de madre de la pequeña Lia.

Su padre, una estrella del rock, viajaba constantemente; por su parte, Dorothy, su madre, era una introvertida y extraña escritora de novelas de terror que prefería pasar las horas ante una máquina de escribir encerrada en su estudio que junto a sus hijos. Cuando pusieron fin a su matrimonio, el padre estuvo con otras mujeres y tuvo más hijos, pero estos jamás coincidieron con William y Lia. Los jóvenes Norton estuvieron bajo la supervisión y tutela de desconocidos que trabajaban para sus siempre ocupados padres, dado que no tenían familia. El roquero y la novelista eran hijos únicos, y los niños no llegaron a conocer a sus abuelos, que habían fallecido hacía años.

Los hermanos Norton eran como almas gemelas que mueren de pena si no están juntos. William siempre fue muy maduro para su edad, mientras que Lia era un espíritu libre e inquieto que quería vivir demasiado deprisa.

«Tranquila —le decía William con una madurez extraordinaria—, algún día crecerás. Te saldrán arrugas y canas, y entonces querrás volver a ser pequeña. Disfruta el momento, Lia». Ella asentía, siempre distraída. Era demasiado pequeña para entender aún esas sabias palabras. «Disfruta el momento, vive el día a día...», era lo que la pequeña Lia creía hacer. Pero siempre a su manera, con ganas de descubrir y crecer. ¡Crecer para hacer lo que le diera la gana! Sin tener que estar pendiente de lo que le ordenaban los adultos que trabajaban para sus padres ausentes; o de William, que a pesar de quererlo con locura, siempre estaba ahí para vigilar cada uno de sus movimientos.

Se criaron en una lujosa mansión a tres horas de Nueva York, en el pacífico pueblo de North Haven, perteneciente al condado de New Haven, en el estado de Connecticut. En verano disfrutaban de la piscina, bajo la supervisión de Amy Kleingeld, la estricta ama de llaves. Era una mujer de cincuenta y tantos años, de cabello canoso siempre recogido en un moño tieso, gafas de gruesa montura y una nariz aguileña que no favorecía a su huesudo rostro. Siempre seria y estricta, como cansada de vivir. Observaba a los niños desde la lejanía, dándoles órdenes y vigilando que no se hicieran daño. Pero... ¿amor? Amor era el que William prodigaba a su hermana Lia. Él era su hogar. Su todo.

En los largos y fríos días de invierno, solían disfrutar de la penumbra y la calma que les ofrecía la buhardilla situada en lo alto de la mansión. Descuidada y repleta de juguetes antiguos y libros polvorientos, William y Lia perdían la noción del tiempo dejándose llevar por su imaginación. Creaban mundos mágicos en los que adentrarse y así, tal vez, olvidar lo solos y abandonados que los habían dejado dos figuras paternas demasiado independientes.

***

Dicen que cuando disfrutas de la vida, el tiempo vuela. Cuando no es así, se ralentiza y a menudo se convierte en un odiado enemigo. En el caso de los hermanos Norton, el tiempo voló. Demasiado deprisa, sin calma, sin control. William y Lia dejaron de ser dos dulces niños rubios de ojos azules como el cielo, para acercarse cada vez más a lo que se convertirían en la edad adulta: el hombre y la mujer del futuro que poco a poco podía intuirse a través de sus cuerpos aún jóvenes. Así que continuaron con la ardua tarea de aprender por sí solos qué era vivir.

La adolescencia no los distanció, pero ambos habían cambiado. William era un muchacho introvertido y solitario, mientras que Lia se había convertido en la chica más popular del instituto. Se escapaba de casa para acudir a fiestas, salía con chicos, se maquillaba demasiado y en la mayor parte de su vestuario no es que hubiese mucha tela con la que cubrirse. A pesar de lo preocupado que estaba William por ella, sabía que era inteligente y cuidaría bien de sí misma. Debía dejarla volar. No quería agobiarla porque sabía que su hermana, desde siempre, era un espíritu libre y despreocupado que necesitaba exprimir la vida al máximo. Nadie como Lia para disfrutar de todos y cada uno de los momentos de su vida como la alocada, excéntrica, alegre y en ocasiones insoportable adolescente que era. Él, por su parte, era un alma vieja encerrada en un cuerpo joven que disfrutaba de la soledad, el cine de autor y la lectura, y en multitud de ocasiones se sentía desubicado.

Una de las pocas noches en las que la quinceañera Lia, siempre con una agenda de lo más apretada y festiva, se quedó en casa viendo la serie de moda del momento, *Ally McBeal*, junto a su hermano, decidió hacerle la pregunta que le rondaba la cabeza desde hacía tiempo:

—¿Por qué no sales nunca, Will?

—¿A qué viene esa pregunta? —William quería evitar a toda costa dar una respuesta sincera a su hermana, aunque sabía que en cuestión de segundos acabaría diciéndole la verdad. Se encogió de hombros y suspiró.

—Eres el rarito del instituto, Will. Mis amigas me dicen: «¡Qué guapo es tu hermano!». Y después de eso comentan lo rarito que eres. No me gusta que hablen así de ti. Sal conmigo esta noche.

—Ni de broma.

—Dime por qué —insistió Lia, mirándolo fijamente e ignorando por completo a Ally McBeal.

—Es como si... —contestó al fin William, dubitativo, apenas en un murmullo. Miró de reojo a Lia, que esperaba con insistencia esa respuesta que parecía no llegar. ¿Le abriría su corazón? ¡Cuántas veces lo había hecho! Y Lia, a pesar de ser una rebelde sin causa, aparentemente insensible y fría, como buena adolescente que era, siempre lo escuchaba. E incluso lo entendía. De hecho, era la única que lo hacía—. Lia, es como si yo no perteneciera a este mundo.

—¿Eres un marciano? —bromeó.

—No empieces..., porque, si no, me voy a mi habitación y no hablo contigo.

—Vale, vale... Perdón.

—No soy como los demás, Lia. No acabo de encontrar mi lugar en el mundo.

—Eso es porque mamá y papá siempre han pasado de nosotros —aventuró su hermana.

—No —repuso William—. He nacido en la época equivocada, solo es eso. A mucha gente le pasa, es una sensación, una intuición... Necesito algo más. Algo distinto a esto. —Y se encogió de hombros, pensativo—. No me gustan los adolescentes de hoy en día, odio las fiestas que hacen. En lo único que piensan es en emborracharse, drogarse o llevarse a... señoritas a sus camas.

—Follar, Will. A eso se le llama follar.

—¡Lia!

—Hablas como un viejo —zanjó ella con desprecio.

Dicho esto, volvió a concentrarse en la serie, fijando su mirada en Ally McBeal, sin darse cuenta de que sus palabras habían hecho sentirse a Will decepcionado y, lo que es peor, traicionado. Palabras que se quedarían grabadas a fuego en la mente de su hermano y que lo marcarían para toda su vida. Mucho más afectado de lo que él mismo habría deseado, trató de reprimir las lágrimas y contener el nudo en la garganta que su hiriente hermana le había causado. No entendía cómo la dulce niña con la que se había criado se había transformado en una adolescente cruel a la que apenas reconocía. Decidió alejarse de ella; su presencia le irritaba en esos momentos. Subió a su dormitorio a continuar con la lectura de una antigua novela que había encontrado por casualidad en la biblioteca, *El vigilante del portal del tiempo*. Sus hojas amarillentas indicaban que muchos habían sido los dedos que habían recorrido con sus yemas cada una de las palabras; numerosos los ojos que habían conocido la historia de un tal Patrick, procedente de un mundo distinto. William pensó que esa obra debía de haberla escrito una mujer a principios del siglo XIX, puesto que firmaba con un seudónimo: Escorpión. Fuera quien fuese ese tal Escorpión, ya estaría bajo tierra y seguramente no habría nadie a quien le importara. Nadie que lo recordara, salvo quien tenía la oportunidad de sumergirse en otro mundo a través de sus fantasiosas historias. En ese momento, William desconocía por completo si Escorpión contaba con más novelas escritas, pero su estilo narrativo lo tenía embrujado. Investigaría al respecto. Enfrascado durante horas en su lectura, era incapaz de dejarla. «Una página más, solo una... y me voy a dormir», se decía. ¡Se sentía tan identificado con su protagonista! Un inconformista, un personaje que aun teniendo las cosas claras en la vida, no acababa de encontrar su lugar en el mundo. Era como si ese tal Escorpión hubiera ideado esa novela para él, algo que seguramente pensarían todos los lectores que tuvieron la suerte de toparse por casualidad con sus historias escritas muchos años atrás.

Mientras leía, William pensó en su hermana y en sus padres. ¿Les importaría que él desapareciera también de ese mundo en el que no se sentía feliz, en el que no encajaba? Y, por otro lado, ¿soportaría Lia su ausencia? Le dolía ver cómo su hermana crecía; cómo su mirada hacia él había cambiado con el paso de los años. Esa noche no había sentido su admiración ni su respeto, y mucho menos su amor.

El paso del tiempo no perdona. Llega un momento en el que, por mucho que estés unido a una persona, la vida te cambia por completo todo lo que tenías planeado; lo que habías imaginado. Los hermanos Norton emprendieron sus propias vidas; empezaron a tomar decisiones sin contar con la opinión del otro y sus ocupaciones diarias provocaron el inevitable distanciamiento entre ambos.

William empezó a estudiar tres carreras universitarias, pero no finalizó ninguna. Medicina, Magisterio y Económicas. Conoció a mujeres, pero ninguna fue lo suficientemente importante para él; ninguna le marcó tanto como lo hacían las protagonistas femeninas de las novelas de Escorpión. Aunque en realidad todas ellas eran una sola mujer, puesto que eran iguales o, al menos, se asemejaban. William pensó que seguramente la autora hablaba de ella misma, disimulando, como si los lectores de sus obras no se dieran cuenta de que siempre estaba describiendo a la misma mujer. «Lástima que a Escorpión ya se lo hayan comido los gusanos. Nos habríamos llevado muy bien», pensaba el joven a menudo, casi como si fuera una obsesión para él.

Aunque William se había enganchado irremediablemente a las novelas de Escorpión, lo cierto es que conocía poco acerca de su misterioso creador, y solo había podido encontrar tres de sus complejas historias; eso sí, ninguna de las tres novelas eran normales y corrientes. Lo que tenía entre sus manos era una auténtica joya, una edición de coleccionista que descubrió en Berlín: la primera edición de las obras de Escorpión. Del mismo modo que descubrió una de sus novelas por primera vez en la biblioteca, también encontró esa edición de coleccionista de manera fortuita, como si desde siempre hubiera estado esperando por él; destinada única y exclusivamente a él. Tres novelas que guardaba como oro en paño en la buhardilla a la que ya acudía sin Lia, quien ya no tenía tiempo de seguir compartiendo aventuras con su hermano mayor. Ahora las compartía con jóvenes de su edad. Guapos, fuertes y alegres. La divertían, se lo pasaba en grande con ellos sin necesidad de ataduras o compromisos, para los que no estaba preparada en esos momentos. Ninguno era como William; no estaban amargados o apesadumbrados todo el día, ni parecían cargar sobre sus espaldas todo el peso del mundo.

Lia se marchó a Nueva York a estudiar Derecho en la Universidad de Fordham, como tantas otras compañeras de instituto influidas por la poderosa atracción que ejercía en aquella época la serie *Ally McBeal*. ¡Todas querían ser abogadas! ¡Todas querían imitar el estilo de Calista Flockhart! Lia, a pocos años de convertirse en la exitosa mujer que sería, vivía libre, hacía lo que le venía en gana —como siempre fue su deseo— y residía en un campus cercano a Lincoln Square, en pleno corazón de Manhattan. Solo veía a William los fines de semana, pero incluso esas visitas fueron disminuyendo, cuando Lia prefirió quedarse en Nueva York y salir de fiesta hasta que sus zapatos de tacón de aguja dijeran basta. Fue una época divertida, una época en la que pasárselo bien era más importante que centrarse en unos estudios que le garantizarían un futuro seguro y estable; Lia era consciente de que esa seguridad ya la tenía, a tenor de la cantidad de ceros que figuraban en las cuentas bancarias de sus ricos, poderosos y ausentes padres.

—No pienses en el dinero de esos dos desconocidos, Lia —le decía su hermano—. Nunca estuvieron. Nunca.

—Lo sé. Pero ese dinero...

—Será nuestro. Algún día, sí. Pero no te vuelvas dependiente de él. Jamás, Lia. Hazme caso. Estudia, lábrate un futuro...

Ella asentía —distraída, como siempre— mientras contemplaba los profundos ojos tristes de su hermano, tan azules que a veces incluso parecían transparentes. ¿Qué era lo que pensaba realmente?

William se sentía perdido y su hermana no sabía cómo ayudarle. No sabía cómo protegerle tal y como había hecho él con ella cuando eran niños. Se sentía culpable e impotente, no parecía estar en sus manos animarle, ¡y le debía tanto! En realidad, le debía una infancia feliz, los mejores años de su vida. Ese sentimiento de culpabilidad tenía que ver también con su carácter extrovertido, por no saber estar sola igual que él; en definitiva, por no pasar tanto tiempo con su hermano como cuando eran pequeños.

Dos almas gemelas que el paso del tiempo aleja por muy cerca que hayan podido estar. Y nadie sabe por qué suceden estas cosas, pero suceden. Cada día.

***

Dorothy Norton, la ausente madre de William y Lia, falleció en el caluroso mes de agosto del año 2007. Tras sufrir un repentino fallo cardíaco, la encontraron después de días muerta frente a su máquina de escribir, de la que no se separaba a pesar de las comodidades que ofrecían las nuevas tecnologías. La mansión, aunque no había disfrutado de una presencia plena de la mujer, se quedó vacía, como si hubiera muerto junto a la escritora de novelas de terror.

Hacía años que Lia vivía en un amplio apartamento delante de Central Park y ejercía de abogada en un importante bufete. William, por su parte, llevaba una vida sosegada y menos interesante que la de su hermana en Brooklyn, donde echaba una mano de vez en cuando en la librería de un amigo. Rodeado de libros, William se sentía a salvo. Se había convertido en un tipo callado, tímido y solitario; excesivamente sensible y un poco antisocial.

Los hermanos se veían muy poco: Lia siempre ocupada en el trabajo, sin demasiado tiempo que dedicar a su vida personal, y William aislado en su mundo. Aun así, seguían unidos y hablaban a diario por teléfono, aunque fuese por poco rato. Después de meses sin verse, se reunieron con motivo del fallecimiento de su madre, a la que hacía mucho tiempo que tampoco veían. Ellos dos fueron los únicos asistentes al funeral de Dorothy, ya que su padre estaba demasiado ocupado con sus otros hijos, a los que sí había dedicado algo más de tiempo. No sentían rencor hacia él, solo lástima por todo aquello que no habían vivido y que tan memorable podría haber sido. A la escritora de novelas de terror, que había amado más sus tétricas historias que a sus propios hijos, la enterraron con su máquina de escribir. Soledad. Penumbra eterna. Escalofrío. Miedo. Así era la muerte para Lia, quien contemplaba, sin poder derramar una sola lágrima por la mujer que le había dado la vida, cómo el ataúd bajaba hacia las profundidades de la tierra para siempre.

—¿Crees que al final de su vida se arrepintió de algo, Will? —preguntó Lia, sin apartar la mirada del féretro.

—Si no se arrepintió de nada, es que no tenía alma.

A Lia se le heló la sangre al escuchar la respuesta de su hermano. Sus palabras, secas, denotaban un peligroso aroma de odio hacia la fallecida. Lia, curiosa por naturaleza, quiso preguntarle de nuevo qué era el amor... por si una sonrisa volvía a brotar de los labios de su hermano. Hacía tiempo que no veía sonreír a William..., a su Will. Cada vez más pálido y ojeroso, sabía que no era feliz.

—Por cierto, sé que este no es ni el lugar ni el momento adecuados, pero tengo una amiga a la que le encantaría conocerte —comentó Lia—. También es abogada y dice que eres guapísimo…

Soltó una risita nerviosa ante la mirada de desaprobación del párroco, que seguía rezando por el alma de Dorothy y lamentaba mucho que a su funeral solo hubieran acudido dos personas, sus hijos, a los que no veía afectados por la muerte de su madre, lo cual le parecía muy triste. De hecho, sí era triste. Pero si el párroco hubiera conocido a Dorothy, tal vez habría atado cabos y estaría incluso sorprendido de que sus hijos le hubieran organizado un entierro digno para despedirse de ella, de la madre ausente.

—Lia, no empieces.

—¿Vamos a tomar un café?

Lia quería contarle alguna que otra novedad de su vida con la que estaba entusiasmada. Lo principal era que al fin había encontrado el amor, y no muy lejos de su círculo laboral. William, como siempre, la escuchó atentamente mientras ella, dicharachera y alegre, le hablaba de Thomas, un abogado con muy mal carácter que a buen seguro no habría congeniado bien con su hermano si hubieran llegado a conocerse. Sin embargo, a Lia le encandilaba conversar con él. Se había «casi, casi» enamorado de su inteligencia y de su a veces «difícil» sentido del humor. No era el hombre más atractivo del mundo, pero de entre todos los que había conocido, este sí era el que más seguridad tenía en sí mismo. Le atraía todo de él; incluso su calvicie incipiente, sus anodinos ojos color marrón y sus finos labios. Nunca le habían gustado los labios finos, pero los de Thomas besaban con esa característica seguridad suya, creyéndose el mejor en todo lo que hacía.

La tarde de agosto en la que William y Lia enterraron a su madre, al cielo de Nueva York se le había antojado amanecer nublado, tétrico y oscuro, como si quisiera homenajear a la fallecida Dorothy y las numerosas historias de miedo que sus hijos nunca habían leído. Desde el ventanal de la cafetería, William contemplaba con la mirada ausente el cielo neoyorquino, ignorando por completo su humeante taza de café con leche.

—Will, respeto tu carácter. De verdad, lo respeto. Pero no eres feliz —insistió su hermana, intentando llamar su atención—. Yo al menos intento serlo. Con Thomas, por ejemplo. El problema está en que debes abrir tu mente al mundo exterior.

—Hace muchos años te dije que no había encontrado mi lugar, ¿recuerdas?, como si no perteneciera a este mundo. Y tu respuesta fue: «¿Eres un marciano?» —le explicó, aún molesto por ese recuerdo del pasado—. Te reíste de mí.

«Es curioso lo que la mente puede llegar a retener», pensó Lia en ese momento. La joven abogada ni siquiera recordaba esa conversación. Cómo las palabras viajan en el tiempo, traspasan fronteras y se introducen en nuestra memoria en el momento justo. Para hacernos reflexionar, quizá. Para ayudarnos a enfrentar una nueva situación. Estaba claro que a William le había dolido que ella le dijese algo así, por eso lo recordaba. Para ella, sin embargo, no había sido importante.

—Lo siento. Supongo que aguantar mi adolescencia no fue tarea fácil... Una tarea que, además, no te correspondía a ti. De verdad, no sabes cuánto lo siento, Will —se lamentó Lia, removiendo su taza de chocolate caliente.

—Ya no tienes por qué disculparte. Hoy iré a casa de Dorothy —informó William, cambiando radicalmente de tema—. ¿Ponemos la mansión en venta?

—Will, tenemos tantos recuerdos de esa casa...

—Es un gasto innecesario. Enorme e innecesario —respondió William con su característica sensatez.

—Tienes razón. Pero deberíamos preguntárselo al roquero —sugirió Lia, refiriéndose a su padre.

—El roquero hace años que no viene por aquí, y nosotros somos mayorcitos para hacer lo que queramos con nuestra herencia. No creo que a él le importe deshacerse de una mansión más; de hecho, no le pertenece. Estaba a nombre de Dorothy.

—Si es lo que quieres... —Lia suspiró, dándole la razón.

Los hermanos se despidieron con un beso en la mejilla y una mirada de complicidad. Fue la última vez que Lia vio a William. A su alma gemela.

***

Cuántas veces Lia se arrepintió de no haber profundizado más acerca de la preocupación de William. Esa obsesión suya de creer desde hacía años que el mundo en el que vivía no le pertenecía. «Eso le pasa por leer tanto», pensaba, sin preocuparse demasiado por la persona que lo había dado todo por ella sin pedir nada a cambio. Nunca imaginó que el mismo día en el que enterró a su madre ausente, también perdería a su otra mitad. A la persona más importante de su vida.

Dos días después, debido a la ausencia de noticias, Lia telefoneó a William, pero él no contestó a sus insistentes llamadas. Tampoco a sus numerosos mensajes. Nunca habían estado más de un día sin hablar, aunque fuera solo para una breve charla. William se había vuelto una persona poco conversadora, pero cuando su hermana lo llamaba, siempre descolgaba el teléfono al primer tono.

Lia fue hasta Brooklyn y pulsó varias veces el escandaloso timbre del apartamento de su hermano, pero nadie abrió la puerta. Desde el otro lado podía sentirse la desolación del apartamento de William. Entró con una copia de las llaves que guardaba en su bolso y pudo comprobar por sí misma la sensación de soledad que había tenido pocos segundos antes desde el otro lado de la puerta, al ver el pequeño y oscuro apartamento vacío. Ni rastro de su hermano. Lo más extraño de todo era que el perfecto orden de cada estancia daba a entender que William tenía la intención de volver. De volver y de calentar la lasaña que guardaba en la nevera, o de comer los yogures desnatados antes de que caducaran a la semana siguiente. Esa misma mañana había comprado café, pan y huevos. Nadie que tiene la intención de desaparecer deja una lasaña en la nevera o compra café, pan y huevos.

Se acercó a la librería en la que sabía que trabajaba de vez en cuando. Habló por teléfono con el único amigo de su hermano, un tipo bajito y gordito con unas llamativas gafas de pasta blancas que empequeñecían sus ojos azules. No lo había conocido hasta ese momento, pero él estaba tan preocupado como ella, porque hacía días que William no había dado señales de vida. Y entonces Lia decidió subir al coche y dirigirse hasta la mansión de North Haven por si a William le había entrado nostalgia y se había recluido allí. El único lugar en el que podría encontrarlo. El lugar al que, supuestamente, él había acudido el día del funeral de su madre. Encontró el coche de William aparcado en la entrada, pero ni rastro de él. Se había dejado una chaqueta de color gris en el asiento de atrás. También una cajetilla de tabaco y un libro en el asiento del copiloto.

Hacía tiempo que Lia no visitaba la mansión de North Haven, puesto que al morir su madre fue William quien se encargó de todos los trámites. Comprobó por sí misma el abandono que había sufrido la casa a lo largo de los años en los que ninguno de los dos había vivido allí. Ellos habían sido el alma de la casa, los que habían formado un hogar en ella. Era como si la mansión hubiera muerto de tristeza a raíz de que los dos chiquillos se marcharan.

La hiedra cubría la mayor parte de la fachada de ladrillo de la mansión, el agua de la piscina tenía un desagradable color verde y estaba repleta de bichitos flotando, y las flores, descuidadas al igual que los niños que habían vivido allí hacía años, estaban marchitas. El sauce llorón parecía más triste que nunca: sus ramas caídas estaban secas y su tronco, débil. Lia pudo visualizar su «yo» del pasado junto a Will. Justo ahí, bajo esa rama que de un momento a otro podría caer y partirse en dos. Juntos, contemplando las estrellas, explicándose cuentos de hadas, dragones, unicornios, sirenas, caballeros y damiselas. ¡Qué felices fueron en ese rincón! En ese momento a Lia le dio la sensación de que había pasado toda una vida. Negó para sí misma, sonrió tristemente y se adentró en el interior de la vieja mansión, con la esperanza de encontrar a William en su interior.

—¿Will? ¿Will?

Recorrió todas y cada una de las estancias observando cuanto había a su alrededor. Con pasos lentos pero seguros. Desorden. Caos. Polvo. Olía mal..., a putrefacción. Ese olor la preocupó, pues se temió lo peor. Su imaginación empezó a jugarle malas pasadas cuando visualizó a su hermano muerto desde hacía días, tirado en cualquier rincón. Sus pasos se aceleraron casi tanto como su corazón. Subió hasta la planta de arriba y, muy nerviosa, abrió todas las puertas de las habitaciones. Miró dentro de los armarios, debajo de las camas..., pero ni rastro de William.

—¡Will! ¡Will! ¡Si esto es un juego, no tiene gracia! —gritó.

Y, por primera vez en mucho tiempo, Lia lloró.

Se quedó quieta en el pasillo, contemplando la escalera de madera plegable que conducía a la buhardilla y que solo era visible si se abría la portezuela de metal que había en el techo.

Quizá William, en su afán por recordar tiempos mejores, subió, empezó a leer y se quedó dormido.

Subió inmediatamente hasta la buhardilla con la esperanza de ver a su hermano. Pero al llegar... NADA. Lia miró a su alrededor con especial atención. Seguramente se le había escapado algún detalle, pero ¿el qué? Hacía tiempo que no estaba en el desván y recordó que, cuando era niña, le parecía mucho más grande. ¡Inmenso! Un lugar en el que perderse resultaba muy fácil... Y, sin embargo, en esos momentos lo vio como un cuchitril cargado de recuerdos que no le apetecía mirar. No sin William. Pensativa, salió de la buhardilla recogiendo la escalera y escondiéndola detrás de la portezuela del techo.

Recorrió de nuevo con atención cada una de las estancias de la mansión, en especial el estudio de su madre ausente, en el que a lo largo de sus veinticinco años solo había entrado un par de veces. Y una de esas veces, ni siquiera había cruzado el umbral de la puerta. Accedió con sigilo, casi con miedo..., como si su madre la fuera a regañar por haberla interrumpido. La visualizó en el sillón de cuero marrón ahora vacío, con su melena rubia recogida en un moño mal hecho y sus ojos azules escondidos tras unas grandes gafas de pasta, siempre fijos en la máquina de escribir que yacía bajo tierra junto a ella. Le pareció escuchar las teclas de la máquina... Cerró los ojos... Tic, tic, tic... Los largos dedos de «mamá», rápidos y astutos, tecleando sin descanso, creando historias terroríficas para sus numerosos admiradores. Lia apartó la mirada del escritorio y, con lágrimas en los ojos, vio por primera vez un corcho colgado en una de las paredes repleto de fotografías. En ellas aparecía una Dorothy sonriente y llena de vida junto al roquero rebelde. Ella parecía una modelo, no una sombría escritora de novelas de terror. Su sonrisa relucía aún con más fuerza en las dos fotografías en las que aparecía embarazada, mostrando con orgullo su prominente barriga. «William y Lia», había escrito, para recordar siempre a quién llevaba en su interior en cada una de las instantáneas. El resto eran ellos dos fotografiados desde la ventana del estudio a lo largo de algunos de los momentos de su infancia que Lia recordaba con más cariño y que, gracias a esas fotografías, pudo revivir. Sentados a la sombra del sauce llorón, jugando al *hula hoop* o corriendo por el césped. Lia se llevó las manos a la boca y entendió que tal vez su madre sufría algún tipo de enfermedad. Pensó en el síndrome de Hikikomori, personas que se aíslan en una habitación o en sus casas sin tener contacto con el mundo exterior; o la más conocida agorafobia, el pánico de quien sufre esta enfermedad con solo imaginarse poniendo un pie en la calle. A pesar de todo, de una supuesta enfermedad mental o de cualquier otro posible problema, esas fotografías daban a entender que Dorothy, la madre ausente, sí los había querido.

Por un momento se olvidó de la desaparición de William. Fueron los libros, pertenecientes a la extensa biblioteca de Dorothy, los que la devolvieron a la cruda realidad. Siempre le sucedía: era ver un libro y pensar automáticamente en su hermano.

Volvió a mirar a su alrededor y, sin poder pensar con claridad, decidió llamar a la policía. Hacía cuarenta y ocho horas que su hermano William Norton había desaparecido.

UN MES MÁS TARDE

Lia debía aceptar que William había desaparecido del mundo y de su vida. Simplemente se había esfumado. Como si en realidad nunca hubiera existido o, tal y como decía él, no perteneciera a este mundo.

Desde el primer momento en el que Lia interpuso la denuncia por desaparición y durante meses, los agentes encargados del caso buscaron pistas e interrogaron a los vecinos de la urbanización por si habían visto a William irse en alguna dirección. Pero nadie había visto nada. Nadie sabía nada. No había indicios de violencia en la casa, donde no hallaron ni una sola pista a pesar de haber buscado con ahínco; tampoco encontraron nada en el interior del coche de William, ni tan siquiera una nota de despedida o algo que les hiciera creer que se había ido por voluntad propia. Todo era normal. Como si William pensara volver «algún día».

—¿Cómo es posible? —preguntó un día Lia, amargada y confusa, por lo que creía una mala gestión por parte de la policía—. Sigan buscando, encuentren a mi hermano. No es posible que se lo haya tragado la tierra, ¡no es posible!

—Señorita Norton —empezó a decirle el inspector, quien jamás le había prometido nada—. Váyase a casa y tranquilícese.

Pero lo que quería escuchar Lia era otra cosa: «Lo encontraremos». Sin embargo, nunca se lo decían. No lo veían probable.

Se había barajado la hipótesis del suicidio tras hablar con el único amigo de William, el propietario de la librería de Brooklyn a la que a veces iba a echar una mano.

—Siempre estaba triste, reflexivo y solo —les dijo apenado, mientras ordenaba unas guías turísticas excesivamente manoseadas para ser nuevas—, nunca le he visto con amigos ni con mujeres.

—¿Tenía depresión? —le preguntó el inspector mientras tomaba notas.

El amigo, muy apenado por no haber podido hacer nada para ayudarle y salir del pozo en el que, por lo visto, se encontraba su amigo, asintió tristemente.

—¿Cómo no me di cuenta? —se preguntó, más para sí mismo que para el inspector, que llevaba media hora haciéndole preguntas sobre William.

A las pocas semanas de esa conversación, la policía finalmente dejó de buscarlo, temiendo que algún día el cuerpo de William apareciera sin vida en cualquier lugar.

—Debes superarlo, Lia —le dijo Thomas una noche en la que al fin había podido convencerla para salir a cenar a uno de sus restaurantes preferidos de Nueva York: Le Bernardin.

—¿Superar la desaparición de mi hermano? Thomas, es algo que nunca voy a superar. No sabes cuánto significa para mí... Se me ha ido mi otra mitad. Es como si..., como si me hubieran arrancado el corazón —respondió Lia con la mirada ausente, observando los llamativos arreglos florales del local.

«Como si me hubieran arrancado el corazón». Así se sentiría Lia a partir de ese momento. El peor de su vida. Trágico e incomprensible. Sumida en una profunda tristeza y en una continua ansiedad al saber que había pocas esperanzas de volver a ver a su hermano.

Decidió no poner a la venta la mansión de North Haven para al menos tener la posibilidad de ir siempre que le apeteciese. El coche de William seguía aparcado en la entrada como si también esperara su llegada. En el interior, la chaqueta gris que ya no se pondría, los cigarrillos que ya no fumaría y un libro que nunca más leería.

***

Con el paso de los años, Lia disminuyó notablemente sus visitas a la mansión. No le hacían bien. Pisar esa casa la consumía, haciéndola creer que de pena también se podía morir. Durante cada minuto de su exitosa y fructífera vida pensaba en William, en qué fue lo que pudo sucederle. ¿Dónde estaría? Su corazón latía con fuerza cada vez que él acudía a su mente y de veras creía que estaba vivo en algún lugar. Vivo. Tenía esa sensación, y un alma gemela percibe ese tipo de cosas, las sabe con total seguridad; no suele equivocarse. A menudo paseaba por las calles de Nueva York mirando a su alrededor como si así fuera a dar con su hermano. Veía su rostro en muchos hombres. Cuántas veces lo había llamado en cuerpos desconocidos, ilusionada por que fuera él. Y los hombres aludidos se daban la vuelta con el ceño fruncido; algunos mirándola con lástima, otros como si fuera una loca y la mayoría diciéndole simplemente: «Lo siento, te has equivocado».

Eran espejismos. Solo espejismos y malas pasadas de una mente obsesionada por querer saber qué ocurrió con él.

«¿William? ¿Suicidarse? No, no, no, no…», dijo Lia cuando dieron por concluida la investigación; negándose a escuchar las barbaridades que el inspector, con mucho esfuerzo, le reconocía. Cabía la posibilidad del suicidio, aunque ella nunca lo creyó posible. Una vez a la semana iba a comisaría a preguntar si tenían nuevas pistas, si habían descubierto algo más a pesar de haber cancelado la búsqueda. Pero la respuesta siempre era la misma: «Señorita Norton, el caso está archivado». Sin embargo, ella no se rendía. Insistía en que retomaran la búsqueda porque tenía que aparecer. Tenía que volver. A su lado.

Su trabajo se resintió notablemente; también su vida al lado de Thomas, quien en ningún momento la abandonó. Por eso, quizá, en el año 2009 Lia dijo sí a la proposición de su novio. Sí a ir a vivir juntos. Cierto que no tenía a William, pero tampoco estaba sola. Thomas se trasladó al apartamento de Lia y así empezaron una nueva vida en común. Crearon el hogar perfecto para formar una familia, para ser felices y colmar sus vidas de bonitas imágenes para el recuerdo.

Aun así, a pesar de lo perfectas que parecían sus vidas, y de lo bien que se le daba a Lia disimular para contentar a su pareja, el pasado siempre vuelve.

Capítulo 1

Lia

De nuevo, Thomas y yo nos encontrábamos en una sala de espera vacía. Sus paredes amarillentas y el viejo suelo de mármol me recordaban que cientos de personas habían pasado por allí a lo largo de los años, con las mismas esperanzas e ilusiones que nosotros. Y con miedos. Un miedo atroz que no podía evitar debido a los recuerdos. Miedo a que sucediera lo mismo que las tres veces anteriores. Pánico a realizarme la primera ecografía y que ahí dentro no hubiera nada. Ni un latido, ni un garbancito con ganas de crecer en mi interior. Mi cuerpo, más débil desde que Will no estaba conmigo, no podía mantener por más de un mes y medio a un hijo. A mi hijo. Mi relación con Thomas se había resentido debido a mis tres abortos espontáneos durante el primer mes y medio de embarazo en cada uno de ellos, a lo largo de los dos últimos años. El problema no era que yo no pudiera tener un hijo, no sabían qué era exactamente lo que me pasaba. Aún éramos jóvenes, y por eso no cesábamos en nuestro empeño de volverlo a intentar las veces que hiciera falta; aun conociendo el riesgo de que después nos temblaran las piernas y lloráramos de tristeza al no escuchar latido en la primera ecografía.

—Todo saldrá bien, Lia... Esta vez sí —murmuró Thomas con la seguridad que lo caracterizaba. Asentí nerviosa, encogiéndome de hombros sin querer darle demasiadas esperanzas.

Thomas se había ablandado. No sé exactamente por qué. Supongo que el tiempo y los golpes de la vida provocan en cada persona efectos distintos. A algunos los puede volver duros como una roca y a otros, más sensibles. La desaparición de mi hermano provocó en mí lo primero. Exceptuando a Thomas, no dejaba que nadie más entrara en mi vida. No quería desengaños ni dolorosas pérdidas, sufrimientos o frustraciones. Supongo que en cierta forma me volví más reservada y cauta para no sufrir. Me alejé de mis amigas del instituto y de la infancia, y a menudo recordaba cómo era Will..., tan suyo, tan en su mundo. Llegué a entender, incluso, lo que me había dicho en tantas ocasiones: «Lia, es como si yo no perteneciera a este mundo». A veces yo también me sentía así.

Porque todo iba demasiado deprisa, porque la generosidad, los principios y los valores se estaban perdiendo. En mi profesión lo veía cada día, a todas horas. A lo mejor él se refería a eso, o a lo mejor no. Pero mi carácter, extrañamente, se asemejaba cada vez más al de él; aunque en esos momentos solo se tratase de una sombra del pasado. Había perdido mi chispa. Mi alegría, mi sonrisa... Todo se había ido con él. «Como si me hubieran arrancado el corazón». Seguía siendo así, tal y como le había comentado a Thomas cinco años atrás. Me había acostumbrado a vivir con la ausencia de Will, pero seguía doliendo. Mucho. Y de tanto pensarlo, y de tanto recordarlo, seguía buscando a mi hermano a escondidas, y de vez en cuando yendo a comisaría, ya con pocas esperanzas. Si Thomas se hubiese enterado, probablemente me habría tomado por «loca» o habríamos tenido una de nuestras

23

fuertes discusiones. Cuánto lo odiaba a veces por no ser capaz de entenderme…

Me pasaba horas investigando en internet; leyendo cientos de foros sobre gente desaparecida y encontrando consuelo en madres, hijos, primos y otros hermanos en mi misma situación: al desaparecido o desaparecida se lo había tragado la tierra.

—Señor y señora Collins, pueden pasar.

Desde el umbral de la puerta nos llamó una enfermera bajita y muy delgada de cabello castaño y tez canela, con una voz grave que no correspondía a su delicado físico.

Thomas y yo respiramos hondo y entramos. La sala estaba oscura; era fría e impersonal. Una estancia poco afortunada para ver por primera vez a tu hijo a través de una ecografía. Recé. Aunque no creyera en Dios ni en nada que se le pareciese, a lo mejor servía de algo. Nos saludó un médico alto y fuerte de aspecto amable que, con un gesto, indicó que me tumbara.

—Retírese un poco la camisa, señora Collins.

Odiaba que me llamaran «señora Collins». En realidad no estaba casada con Thomas, por lo que seguía siendo una Norton, y eso no iba a cambiar. El apellido, junto con los recuerdos, era lo único que me quedaba de mi hermano.

—¿Está cómoda? —preguntó el doctor, interrumpiendo mis pensamientos a la vez que esparcía el gel frío sobre mi vientre.

Asentí mirando el monitor con el ceño fruncido, esperando ver a un garbancito moviéndose dentro de mí y deseando escuchar su latido; un latido poderoso y enérgico que me diera a entender que esta vez sí… Esta vez sí…

De nuevo el miedo. Las piernas me empezaron a temblar. Un nudo en la garganta agobiante se apoderó de mí. Thomas tomaba mi mano con dulzura y también miraba fijamente hacia la pantalla. Esperanzados, esperamos a que el doctor dijese algo, pero ya conocíamos la expresión que empezaba a dibujarse en su rostro, cuando cambió al momento ese aire de amabilidad por el de preocupación y tristeza. Sin saber cómo darnos la noticia a la que lamentablemente parecíamos habernos acostumbrado, negó apretando la mandíbula y suspirando. No había latido. No había nada. El cuarto bebé había decidido irse y no elegirme como madre.

—Lo siento mucho —dijo mirándome con lástima.

No. Otra vez no. No podía soportarlo más. Limpié el gel frío y pringoso de mi vientre con la primera toalla que encontré, me levanté bruscamente y, sin decir nada, salí de ese cuarto frío al que no pensaba volver. Ni siquiera dejé que el doctor continuara hablando, porque me había aprendido de memoria cada una de las malditas y dolorosas palabras: «Esperaremos un poco a ver si tu cuerpo lo expulsa de forma natural y, si no, te daremos medicación». Las tres veces anteriores no hizo falta medicación. Simplemente se fue y yo volví a quedarme vacía.

Thomas vino corriendo detrás de mí, pero yo ni siquiera podía mirarle a la cara.

—Thomas, no quiero hablar. Ni siquiera contigo, de verdad. Me voy a dar un paseo, me voy... —No quería llorar delante de él. No quería, pero se me hizo un insoportable nudo en la garganta y las lágrimas empezaron a brotar por sí solas.

Thomas me dejó ir. Salí del hospital odiando a todas y a cada una de las madres y a sus bebés. A todas las mujeres embarazadas y al cuarto feto que había decidido abandonarme.

Caminé lentamente sin rumbo por las calles de Nueva York. Era agosto, hacía un calor infernal y las calles estaban repletas de turistas fotografiando todo cuanto captaban a su alrededor. Veía sus rostros emocionados, contemplando, por ejemplo, los ostentosos rascacielos, y yo solo quería gritar. De rabia, de dolor... En esos momentos odiaba Nueva York y su bullicio. Me tapé los oídos. El abundante tráfico y la densa contaminación me estaban abotargando el cerebro, por lo que decidí adentrarme en la paz de Central Park... Sin embargo, ese día no había paz. Más turistas, músicos callejeros, multitud de jóvenes sentados en el césped, pintores concentrados en sus obras, parejas besándose, embarazadas acariciando sus prominentes barrigas mientras sonreían cariñosamente a sus maridos... ¡BASTA! Will..., quiero a Will. Él sabría qué decirme. Cómo consolarme... Darme un motivo coherente por el que debía seguir siendo yo misma. La Lia que él conoció.

Odiaba ese maldito día de agosto. Había perdido a mi cuarto bebé. Podría haber sido un niño rubio de ojos azules tan precioso como Will... Se hubiera llamado Will. Era el temido día en el que se cumplían cinco años de su desaparición. Cinco años sin saber qué fue de él. También hacía cinco años que enterramos a nuestra madre ausente, a esa desconocida que nos dio la vida. Ya habían pasado cinco años, cinco lentos y tormentosos años.

Quería reír pero no podía. De nuevo, volvía a entender a mi hermano y sabía que cuando él no sonreía era porque realmente no podía. A lo mejor quería, pero la vida a veces puede ser cruel. Y hay almas, sobre todo las más sensibles, que no pueden soportar tanta injusticia.

El cielo de Nueva York empezaba a oscurecer con un maravilloso juego de colores. Rosas y naranjas se entremezclaban para ofrecernos un espectáculo en el que casi nadie reparó. Para mí el mejor momento del día era el atardecer y me encantaba contemplarlo desde cualquier rincón, aunque fuera desde el mismísimo asfalto de la ciudad. Esa hora del día tenía una magia que lograba encandilarme y hacerme viajar a otros mundos dejando volar mi imaginación, tal como hacía con Will cuando éramos niños. Él me enseñó a soñar y a disfrutar de esos pequeños momentos. De los más ínfimos detalles. Él disfrutaba de las tormentas de verano y yo a su lado, porque también me acompañó por darme el gusto, en muchos atardeceres. Y los que ambos compartimos fueron los mejores. Ya solo quedaba el recuerdo.

Mis pasos seguían siendo lentos, tal vez por las pocas ganas que tenía de llegar a casa y tener que verme en la obligación de hablar con Thomas. Me sentía una fracasada que después de cuatro intentos no había podido darle un hijo. Y lo peor de todo era que no quería volver a pasar por lo mismo otra vez. Ya no. Había tomado una decisión: no sería madre. Tal vez no había nacido para eso.

Pensé en Thomas; en su triste mirada, en el abrazo que no le di y que él seguramente necesitaba. Al llegar a casa, tal vez se pondría a preparar una suculenta cena y encendería un par de velas, creando así una atmósfera cálida y romántica solo para animarme. A lo mejor incluso había comprado un par de billetes a alguna isla paradisiaca con la excusa de que necesitábamos desconectar y descansar. En esos momentos, lo único cierto era que yo solo quería desaparecer.

Después de detenerme durante unos minutos en mitad de la Quinta Avenida, dejé de mirar hacia el cielo y fijé la vista a mi derecha. Me encontraba en el número 1048, enfrente de la Galería Neue, que ese día exponía retratos de artistas y escritores de principios del siglo XIX. Aún no sé si fue mi propia curiosidad o la pasión que Will sentía hacia la literatura lo que me hizo entrar. Había muy poca gente, dos personas escasas observando cada antiguo retrato. Esa exposición no le había llamado la atención a casi nadie, al menos no tanto como a mí. La galería era pequeña y esa exposición suponía una excepción que solo podía verse ese día. En la Galería Neue solían exponer piezas de diseño, joyería y obras de arte pictóricas procedentes de Alemania, no retratos de personas que estarían criando malvas desde hacía muchos años.

El primer retrato que vi fue el de un pintor, Alfred Sisley, que había vivido sesenta años, entre 1839 y 1899. Transmitía serenidad y seguridad en sí mismo. Me recordó un poco a Thomas. Seguí caminando. Al lado de Alfred se encontraba una escritora de la que no había oído hablar. Se llamaba Rose Mary Brooks, pero escribía bajo el seudónimo de Arlequín. Por lo visto, escribió tres novelas románticas muy populares tras su muerte, tituladas *La rosa del viento*, *Desgracias ajenas* y *Pasado incierto*, que, desgraciadamente, habíamos olvidado en nuestros días. Sentí pena por la pobre Rose Mary. No tuvo tiempo de saborear las mieles del éxito y serían otros los que se aprovecharían de su trabajo. La Parca fue injusta con ella. Junto a Alfred y Rose Mary, había más genios ya inexistentes. Artistas que habían dado lo mejor de sí mismos en sus obras a través de colores plasmados en un lienzo, o palabras escritas en papel que, en su mayoría, perdurarían a través del tiempo. Un tiempo limitado para sus autores, seres mortales comunes cuyas obras los harían eternos. Pensé en el sufrimiento de cada uno de ellos, en el agotamiento que seguramente padecieron cuando aún vivían y también en aquellas pequeñas alegrías que al final de la vida acaban siendo las importantes. Eso lo aprendí de mi madre ausente. Ella se llevó a la tumba la admiración de millones de lectores desconocidos que amaban sus novelas de terror y el desprecio de sus propios hijos, que no derramaron ni una sola lágrima en su entierro. Dorothy se llevó su apreciada máquina de escribir con ella y también el perdón de los hijos que salieron de su vientre e ignoró durante toda su triste vida. De veras esperaba que, estuviera donde estuviese, si es que había algo después de morir, descansara en paz.

Entendí que la vida es un misterio inexplicable que roza la locura cuando mi recorrido por la pequeña exposición estaba a punto de llegar a su fin. Siempre había creído en la magia, pero hasta ese momento el destino no me la había mostrado. Un fortuito encuentro con mi alma gemela me dejó paralizada durante minutos. En el último cuadro de la exposición aparecía el rostro de William... Mi Will. Estaba sentado en lo que parecía ser un antiguo y desgastado sillón orejero de color verde. Pero no era ese el nombre que aparecía en la placa. En unas grandes letras doradas se leía «Escorpión». Era el seudónimo que utilizó a lo largo de su trayectoria literaria. Lo cierto era que poco se sabía del misterioso escritor que había publicado sus novelas entre los años 1808 y 1813 y por las que hoy en día se peleaban coleccionistas y lectores de clásicos obsesionados con ellas. Los ojos azules como el cielo de Escorpión me miraban fijamente..., tan idénticos a los míos, tan familiares, casi transparentes..., pero en esa obra pictórica no estaban tan tristes como la última vez que los vi, hacía ya cinco años. En ese retrato pude ver unos ojos vivaces, como si quisieran gritarle al mundo que era un hombre feliz que había encontrado su lugar en la vida, algo que Will siempre deseó con ahínco. Sus labios me sonreían como cuando éramos niños, y su cabello rubio, peinado hacia atrás, era exactamente igual al de William, aunque él lo llevara siempre despeinado. Era él, casi exactamente igual a como lo recordaba cuando desapareció. Era Will, pero no podía ser él. De repente, un recuerdo, una punzada en el corazón. ¿Dónde había visto ese nombre? Escorpión... Escorpión... Resonaba en mi cabeza como ecos de ultratumba. Y entonces recordé. William leía a ese tal Escorpión a todas horas. Se gastó una fortuna en conseguir una edición de coleccionista que le trajeron desde Berlín. ¿Y si lo habían matado con el fin de conseguir esa edición, que por lo visto era tan especial y deseada?

—Señorita... Señorita...

Continué mirando fijamente a Escorpión. Y, por enésima vez a lo largo de ese día, las lágrimas de nuevo quisieron brotar de mis ojos. Sequé mis lágrimas y continué hipnotizada frente al retrato de ese hombre, la viva imagen de mi hermano. ¡Era mi hermano! Pero no podía ser posible, porque él, al igual que todos los que pisamos suelo firme y nos creemos algo cuerdos, no existía a principios del siglo XIX.

—Señorita... Señorita...

Me volví hacia la mujer alta y delgada que estaba llamando mi atención insistentemente desde hacía rato. La había escuchado desde el principio, pero no me apetecía apartar la mirada de Escorpión.

—Vamos a cerrar en cinco minutos —continuó diciendo mientras echaba un vistazo al antiguo reloj de pared que había al fondo.

—Claro, ahora me voy.

—Lleva mucho rato observando atentamente el retrato de Escorpión. No estará interesada en la famosa edición de coleccionista, ¿verdad? —insinuó la mujer, mirándome con curiosidad. Supo cómo captar mi atención.

—Sí, claro. Me interesa mucho —mentí con el único fin de conseguir más información de la apresurada galerista.

—Oh, debo decirle que hace muchos años estaba a buen recaudo en Berlín, pero como dato curioso añadiré, por si le interesa, que su autor dejó una carta escrita en la que decía expresamente quién debía ser el destinatario de esa edición.

—¿Cómo? —pregunté desconcertada.

—Digo que en el año 1813 el autor dejó una carta escrita que...

—Sí, sí, eso lo he entendido —la interrumpí—. Pero ¿me está

diciendo que en la carta indicó a quién debía ir dirigida esa edición de coleccionista?

—Así es. Pero, fuese quien fuese, ya la debe de tener. Como le digo, hace años que ya no está en Berlín.

—¿Y sabe usted por casualidad a quién se la envió?

La mujer rio como si mi pregunta fuera la sandez más grande que había escuchado en mucho tiempo.

—Eso no lo sabe nadie, señorita. Es todo un misterio. Y ahora, si me disculpa... Muchas gracias por venir.

Acto seguido, me abrió la puerta y me invitó a salir muy elegantemente de la galería. En el breve recorrido hasta el exterior no pude dejar de mirar el retrato de Escorpión. Ya era de noche y un repentino escalofrío recorrió mi cuerpo, haciéndome sentir extrañamente especial.

***

De camino a mi apartamento, las dudas me volvieron a asaltar. ¿Y si la sensación que tenía de que Will estaba vivo en algún lugar no era más que la esperanza de volverlo a ver? ¿Era simplemente un espejismo? ¿Como los que había tenido al ver a cada hombre alto y rubio que se cruzaba conmigo por las calles de Nueva York? Algo no encajaba. Algún detalle, por muy insignificante que fuera, se me había escapado cinco años atrás. Pero ¿cuál? El gran parecido de ese escritor con mi hermano era sorprendente. Había parecidos razonables, podía ser una mera coincidencia, pero ¿también lo era que yo hubiera entrado allí? ¿Tenía sentido? ¿La casualidad podía ser tan descarada?

La esperanza de que mi hermano estuviera vivo en algún lugar iba disminuyendo a medida que mi cabeza le daba vueltas sin cesar al asunto. Me inquietaba. Me asfixiaba. No era algo real. No era posible que Escorpión, el hombre del retrato, fuera mi hermano. Ese hombre vivió en un siglo que Will no conoció; la idea de creer que era él en otro tiempo era del todo surrealista. Una locura. De nuevo mi mente me estaba jugando una mala pasada al creer en cosas que me negaba a que fueran ciertas.

Ya en la puerta de mi edificio, dudé si entrar o no. Después de estar horas vagando por Nueva York, buscando como siempre a Will en los rostros de otros hombres, lo que menos me apetecía era dormir a la intemperie, pero tampoco quería ver a Thomas. Saludé al portero con un gesto amable y me adentré en el ascensor hasta la undécima planta. Instintivamente, toqué mi barriga... Hueca. Vacía. Sin vida. Sin alma. El extraño suceso había hecho que no volviera a recordar la triste realidad de haber perdido a mi cuarto bebé al mes y medio de gestación.

Frente a la puerta del apartamento respiré hondo, preparada para ver una deliciosa y romántica cena sobre la mesa y a un Thomas más encantador que de costumbre. Pero, al abrir, la escena era muy diferente a la que me había imaginado. El salón estaba oscuro, apenas iluminado por una pequeña lámpara que había en la mesita junto al sofá. Thomas, sentado, tenía las manos colocadas sobre la cabeza y parecía llevar un buen rato así. Estaba sudando y parecía angustiado. Frente a él, una maleta. Una maleta en circunstancias así siempre es un mal augurio.

—¿Qué pasa? —pregunté, armándome de valor y acercándome a él, al que había sido el hombre de mi vida durante cinco años.

—No puedo más, Lia —reconoció, levantándose del sofá y mirándome fijamente a los ojos. La luz de la luna, que asomaba por el ventanal, iluminaba su incipiente calvicie. Había adelgazado y su rostro desencajado me mostraba signos evidentes de que la situación había podido con él. Y había acabado con nuestra relación.

—¿Porque no puedo darte un hijo? —le pregunté, intentando no mostrarme enfadada o dolida. Intentando en todo momento mantener la cabeza bien alta.

—No es eso. Desde que tu hermano desapareció, cambiaste... de repente. Y te juro que lo he dado todo por esta relación porque te quiero y no imagino mi vida sin ti. Pero estoy mal, Lia. Estoy mal y no te has dado cuenta.

En esas palabras volví a recordar a Will. Era algo que no podía evitar, todo me recordaba a él. Quizá mi hermano también estuvo mal y yo no me di cuenta. Quizá desapareció por mi culpa. Quizá..., quizá...

—Lia, esto ya no tiene arreglo. Me voy. Será mejor que nos distanciemos un tiempo —continuó diciendo amargamente.

—Cuando más apoyo necesito, tú te vas —le recriminé, conteniendo las lágrimas y tocando mi vientre vacío.

—No digas eso, por favor.

—¿Y qué quieres que diga? —pregunté alzando la voz.

—¡Estoy harto! —gritó entonces, fuera de sí—. ¡Harto de William, harto de ti! ¡Harto de que siempre te estés quejando por todo!

—¿Sabes lo que significa perder a un hermano sin saber realmente qué le sucedió?

—Te voy a decir lo que pienso de verdad. ¿Sabes lo que creo? Que tu hermano y tú teníais una relación enfermiza. Eso es lo que...

Le di una sonora bofetada que no le permitió continuar blasfemando sobre lo que para mí era lo más sagrado del mundo. Le pegué tan fuerte como fui capaz. Quise hacerle daño de verdad, daño físico y emocional, porque él sabía todo por lo que habíamos pasado mi hermano y yo. El abandono al que nuestros padres nos sometieron desde bien pequeños. Reconozco que Thomas fue mi gran apoyo cuando Will desapareció, pero en esos instantes me parecía el ser más repulsivo del mundo.

Me miró, furioso. Agarró su maleta, salió por la puerta y, de un portazo, desapareció de mi apartamento y de mi vida. Me tumbé en el sofá en posición fetal y, tras media hora llorando, me quedé profundamente dormida, esperando encontrar en mis sueños un poquito de la paz que necesitaba en esos duros momentos.

***

Al día siguiente Nueva York, ajeno a las preocupaciones de sus habitantes, amaneció caluroso y soleado. Entré en el vestidor y en vez de ponerme alguno de mis numerosos trajes y zapatos de tacón, me decanté por un cómodo y fresco vestido de algodón blanco de tirantes y unas veraniegas chanclas color beis.

Lo primero que hice fue ir a la Galería Neue, para ver si continuaba abierta la exposición que tanto me había inquietado y fascinado a la vez. Tenía la necesidad de volver a ver a Escorpión... de volver a ver la viva imagen de mi hermano. Pero, tal y como esperaba, Neue exponía otra vez sus piezas de diseño, joyas y obras de arte pictóricas alemanas. ¿Fue quizá un sueño?

Al salir, sin poder evitar sentirme decepcionada, decidí dejarme llevar por mi instinto y ser de nuevo una pequeña parte de lo que fui hace años; aquella adolescente alocada que era feliz y vivía el día a día como si el mundo se fuera a terminar. Sin olvidar, por supuesto, a aquella niña pequeña que fui una vez, con un sinfín de preguntas dirigidas a su paciente hermano, con el único deseo de seguir haciendo lo que le diera la gana en todo momento. Libertad. Pasión. Y pasión era lo que ya no sentía por mi trabajo como abogada. La vida real no era como en la ya desaparecida serie *Ally McBeal*.

Me subí a un taxi y diez minutos más tarde llegué al bufete. Saludé a los que pronto dejarían de ser mis compañeros, intentando evitar por todos los medios cruzarme con Thomas por los pasillos. Di dos golpecitos a la puerta del despacho de John, el director. Un tipo bajito y regordete que no debía de tener más de cuarenta años y al que le había ido bien en la vida a fuerza de trabajar muy duro. Entré en su despacho con una sonrisa en los labios a pesar de todo, dispuesta a informarle de mi decisión definitiva.

—John, mis vacaciones van a ser indefinidas —le comuniqué sin preámbulos, mirando con tristeza la fotografía que tenía sobre la mesa de su despacho. En ella aparecía un John despreocupado junto a una mujer rubia y regordeta como él y tres adorables y sonrientes niños de entre cuatro y siete años que necesitaban urgentemente combatir su adicción al McDonald's.

—¿Cómo? —preguntó incrédulo. Nunca me había fijado en el color amarillo alrededor de sus pupilas dilatadas.

—Me voy, John. Lo dejo. Quiero empezar a vivir.

—Pero eres la mejor abogada del bufete, Lia. ¿Te he exigido demasiado? ¿Te he dado demasiada faena? Dímelo, con confianza.

—No es eso, John... —murmuré.

—Tu futuro aquí es prometedor y sabes lo mucho que estamos creciendo. Vamos a hacer grandes cosas.

Quiso convencerme, pero no había vuelta atrás; mi decisión era firme. En pocas ocasiones había estado tan segura de algo y la sensación me gustaba.

—Necesito un descanso —insistí seriamente.

—Como quieras... Pero si dentro de un mes, dos meses, un año, diez años... o lo que haga falta, te cansas de ese descanso, ven a verme. ¿Lo harás?

Sonreí. Asentí y me despedí con un profesional apretón de manos. Unos minutos después, me dirigí hacia el departamento de recursos humanos, donde ya habían puesto en marcha el papeleo de mi despido voluntario después de que John así lo ordenara. Con el jugoso finiquito que iría a cobrar al banco más tarde y la enorme herencia de mi madre ausente no tendría problemas económicos el resto de mi vida. Podría permitirme el lujo de descansar, de respirar y de volver a encontrarme a mí misma. Libertad... Ansiada libertad.

¡Podría hacer tantas cosas!

Al final no me encontré con Thomas. De hecho sabía que, probablemente, no volvería a verlo. No era el típico hombre romántico y caballeroso que tras una discusión se arrodilla frente a una y le pide matrimonio. Era un tipo orgulloso y supuse que la decisión de abandonarme la llevaba meditando fríamente desde hacía tiempo.

La desaparición de Will hacía cinco años; cuatro abortos espontáneos; el abandono de quien creía que era el amor definitivo. La vida puede cambiar en cuestión de segundos, y serán nuestras decisiones y las de los demás hacia nosotros las que marquen el destino de nuestro incierto camino. Yo ya había tomado mi propia decisión.

CAPÍTULO 2

LIA

Agosto, año 2012

Tenía la necesidad de hacer las paces con mi pasado. Volver a mis orígenes y recordar aquellos momentos bonitos de mi infancia que, para mi sorpresa hacía cinco años, mi madre ausente retrató desde la ventana de su estudio. Volver a la mansión de North Haven después de meses sin visitarla. Volver a observar el interior del coche abandonado de Will. Pero, sobre todo, tenía algo en mente, una obsesión: buscar las obras de Escorpión que mi hermano guardaba con tanto recelo. Tras la exposición, el retrato de Escorpión no había dejado de obsesionarme. Estaba segura de que había una conexión, algún tipo de relación con su desaparición... Con su..., su... ¿muerte? Me costaba asimilarlo. Me costaba creer que alguien pudiera matar por tres libros, por muy especiales, valiosos o antiguos que fueran. No obstante, por encima de cualquier otra cosa, me costaba aceptar que Will pudiera estar muerto. Un agente de policía me dijo que debía estar preparada para un final trágico, cuando me informaron al mes siguiente de su desaparición de que habían abandonado la búsqueda de Will. Caso cerrado. Fin de la historia. Pero no para mí. ¿Cómo se está preparado para la muerte de un ser querido? Nunca lo estamos, pero con el tiempo aprendemos a asimilarla. Sin embargo, asimilar la desaparición de un ser querido, no. El día a día se te hace cuesta arriba cuando constantemente buscas respuestas a algo que no tiene explicación. Dudas y desconfías de todo cuanto hay a tu alrededor. No conocer el paradero de la persona más importante de tu vida resulta casi insoportable. La obsesión de que, en cuanto sales de casa, es probable que lo encuentres tan normal, como si nunca se hubiese ido, es constante. Por eso seguía viéndolo en todos y cada uno de los rincones de Nueva York.

Conduje tres horas hasta llegar a North Haven. Las grandes y cuidadas mansiones me recibían frías y distantes, pero al aparcar junto al coche abandonado de mi hermano en el que había sido mi hogar junto a él, sentí un abrazo cálido repleto de añoranza. Era curioso cómo la mansión más dejada y fea de la zona resultaba tan cercana y poseía un encanto inigualable. Bajé del vehículo y, con lágrimas en los ojos, observé el sauce llorón muerto que años atrás había resplandecido, un árbol imponente para dos chiquillos que se protegían de los rayos del sol sentados debajo y apoyando sus pequeñas espaldas en su tronco. Por un momento, incluso mi imaginación me jugó la mala pasada de ver sombras por el jardín. Sombras que corrían y reían desde algún mundo paralelo que yo no alcanzaba a ver ni a entender.

***

Entré en casa. A pesar del calor que hacía, todas las estancias desoladoras estaban frías y muy sucias, pero ya sin aquel olor putrefacto del pasado. Tuve la necesidad de entrar en el estudio de mi madre ausente, contemplar con pena el escritorio vacío en el que pasó la mayor parte de su vida escribiendo y las fotografías que en silencio y desde la distancia nos había hecho a Will y a mí. Eran maravillosas. Al mirarlas de nuevo y volver en cierta forma a un pasado que añoraba, casi se me olvidó la verdadera razón por la que había ido hasta allí: por Escorpión. Me sobrevino el recuerdo de su rostro idéntico al de mi hermano y las misteriosas palabras de la señora que me echó de la galería, cuando me explicó que el autor había dejado por escrito a quién debía ir dirigida esa edición especial de coleccionista que yo había visto alguna vez desde lejos y sin prestarle demasiada atención.

Caminé despacio hasta la habitación de mi hermano. Estaba tal y como la había dejado cuando se fue de casa a los veinte años, algo más tarde que yo. Bates de béisbol, guantes firmados por importantes jugadores de los años noventa y una guitarra eléctrica bajo la ventana que le regaló papá y que Will nunca tocó. Miré con especial atención la estantería que tenía frente a la cama con numerosos libros. Leí todos y cada uno de los títulos, pero ninguno era de Escorpión. Busqué debajo de la cama, revolví cajones y el armario. Nada, absolutamente nada. Ni una pista. Simplemente era la habitación de un adolescente. Un adolescente rarito y diferente, pero un adolescente al fin y al cabo. En eso se había quedado para siempre la habitación de Will.

Cuando más ensimismada estaba en mis propios pensamientos, escuché un gran estruendo que me sobresaltó. Abrí mucho los ojos y miré al umbral de la puerta de la habitación de mi hermano por si a alguien se le había ocurrido entrar en la mansión. ¿Un okupa, quizá? O algo peor: el asesino de mi hermano, que había venido a por mí porque sabía que estaba investigando sobre el caso por mi cuenta. Negué con la cabeza riendo, últimamente había visto demasiados thrillers. De nuevo, otro estruendo procedente del mismo lugar. La buhardilla. Nuestro rincón. El lugar en el que Will guardaba todo lo que realmente le importaba. Corrí por el pasillo y de nuevo, como aquella vez hacía ya cinco años, encontré la escalera plegable de madera preparada para que alguien subiera hasta arriba. Pero en esa ocasión había algo extraño..., diferente. Se vislumbraba en el interior de la buhardilla una luz resplandeciente que llamaba poderosamente mi atención. Como si susurrara mi nombre, como si me dijera: «Sube, sube... No temas. Sube...». Miré a mi alrededor con la sensación de estar volviéndome loca. Miré, una vez más, el interior del que fue el estudio de mi madre, justo enfrente; con la seguridad de que alguien me estaba gastando una broma pesada. Se me estaba yendo la cabeza. Volví a levantar la mirada y decidí subir los viejos peldaños de madera que me llevarían hasta la buhardilla. Nunca imaginé que el deslumbrante destello de luz que se veía desde abajo iluminara por completo la estancia. No veía nada a mi alrededor, solo la luz. Una luz cegadora procedente de lo que parecía una espiral negra, debajo de una de las pequeñas ventanas de la buhardilla. Sigilosamente, me acerqué... intentando averiguar qué era exactamente lo que mis ojos me mostraban. Parecía tan irreal..., casi mágico. Tan extraño como el retrato de Escorpión de principios del siglo XIX, que resultaba ser una copia idéntica de mi hermano. Y entonces recordé algo que Will me contó. Estaba tan entusiasmado con esas novelas que hablaba constantemente de ellas. Hablaba de una luz y de los viajes en el tiempo de un tal Patrick, el protagonista ficticio que ese tal Escorpión había creado. No podía ser posible... No podía estar frente a un portal del tiempo. Frente al portal del tiempo que, tal y como me explicó Will, relataba Escorpión en sus libros. ¿Por qué ahora? ¿Por qué en ese preciso instante? ¿Por qué ahí? Avancé. Un paso, dos..., uno más. Tal vez Will hizo lo mismo hacía exactamente cinco años. Tal vez también fue engullido por ese agujero negro. Tal vez, si lo atravesaba, lo volvería a ver.

«El mismo día, cinco años después. Pero ¿y si no puedo volver? No quiero vivir en otra época, no soy como Will. Estoy bien aquí, en este mundo, en el siglo XXI».

La luz continuaba cegándome, no podía ver otra cosa que no fuera esa condenada luz y la espiral, fría como el hielo dando vueltas sobre sí misma con una rapidez sorprendente. Di un paso atrás. ¿Qué era eso? La adolescente alocada que fui años atrás seguramente hubiera entrado. Sin pensárselo dos veces. Era una apasionada de lo desconocido, de lo sobrenatural, de lo extraño. En conclusión: una descerebrada. En esos momentos, a mis treinta años, debo reconocer que era una cobarde. O tal vez una mujer madura y precavida. De cualquier forma, sentía curiosidad. Esa surrealista situación me tenía hechizada, apenas podía moverme ni mirar hacia otro lado que no fuera la espiral. Una vocecita en mi interior me decía: «No entres... Es peligroso. ¡Seguro que es peligroso! Sal inmediatamente de aquí, Lia». Pero había otra vocecita, mucho más aventurera, mucho más tentadora; una que disfrutaba del riesgo y de lo desconocido, y que me decía: «Tu vida es una absoluta mierda. Has tenido cuatro abortos involuntarios a lo largo de dos años, tu novio te ha dejado, apenas te quedan amigos y te cuesta dormir por las noches desde que tu hermano desapareció. Y lo mejor que has hecho ha sido dejar un trabajo por el que cualquiera vendería su alma. ¿Qué puedes perder? Vive la aventura, viaja a otra época... Si es que esto puede conducirte a otra época... Pero piensa en lo mejor de todo: tal vez Will te esté esperando al otro lado de esa espiral».

Si entraba, lo haría por Will más que por mí misma y mi dichosa curiosidad. Un paso..., otro más. «Solo un paso más y ya estarás dentro..., engullida por un universo desconocido a través

41

de un agujero negro que, para ser sinceros, podría ser más cálido y agradable», pensé. Lo miré con desconfianza. No me atrevía. Es como quien tiene miedo a la muerte por no saber lo que viene después. «¿Adónde me conducirá eso? ¿Estaré soñando?». Me pellizqué. Dolió. Negué para mis adentros y salí de la buhardilla ignorando la deslumbrante luz y el agujero frío y oscuro. Bajé la escalera y miré desde la distancia el estudio de mi madre. Me dolían los ojos a causa del tremendo destello de luz y tenía frío. Estaba incómoda y además, aunque no quisiera reconocerlo, tenía miedo. Tanto miedo como en las ocasiones en que aguardaba en una fría sala de espera para hacerme la primera ecografía. Ecografías que me decían que no había latido. Que no había nada. Que los embarazos no salían adelante por «causas desconocidas».

Entré en el estudio. Necesitaba contemplar una vez más las fotografías en las que aparecíamos Will y yo de niños. Con lágrimas en los ojos, me fijé especialmente en la fotografía en la que Will me abrazaba. Siempre protector, siempre con esa mirada de amor incondicional hacia mí.

«¿Qué hiciste Will? ¿Qué hiciste?».

WILLIAM

Agosto, año 2007

Estoy triste. No porque Dorothy, a quien en realidad nunca conocí a pesar de ser mi madre, haya muerto. Lo estoy por la muerte y por el papel que juega en la vida en sí. Cómo es posible que un día estés y al otro no. Cómo es posible que sea tan fácil dejar simplemente de existir.

Observo junto a mi hermana cómo el ataúd baja hasta las profundidades de la tierra por siempre jamás. Imagino el cuerpo inerte de mi madre junto a su inseparable máquina de escribir cogida con fuerza entre sus fríos brazos. Así lo hubiera querido. Su cabello rubio, siempre recogido en un moño mal hecho, ahora luce lacio y suelto por toda la eternidad. Aunque a lo largo de mi vida fueron contadas las ocasiones en las que pude mirarla fijamente a sus profundos y siempre tristes ojos azules, se me hacía un nudo en la garganta al pensar que permanecerían cerrados para siempre. Y que la oportunidad de volver a verla, aunque fuera una sola vez más..., era una utopía. Ni siquiera tenía recuerdos con esa mujer. Una desconocida. Mamá. Y solo pude recordar dos ocasiones en las que mis labios pronunciaron cada una de las letras que formaban la palabra: MAMÁ. No podía llorar. Miré a Lia. ¿En qué pensaría? Se parecía tanto a Dorothy... Casi como dos gotas de agua; aunque Lia decidió hace tiempo cortarse su larga cabellera rubia y oscurecérsela. Tal vez para no parecerse a mamá. Nunca se lo he preguntado.

Si Lia supiese que mamá nos hizo fotografías cuando éramos niños desde la ventana de su estudio, a lo mejor se le ablandaría el corazón. No lo entendería, claro... Yo tampoco entiendo por qué no se ocupó de nosotros, por qué no nos dijo nunca que nos quería... (porque a lo mejor no nos quería), por qué nunca nos ayudó con los deberes, por qué nunca nos leyó un cuento antes de ir a dormir, por qué nunca jugó con nosotros... ¿Por qué? Siempre encerrada entre las cuatro paredes de su estudio, con la mirada perdida en su máquina de escribir, en sus tétricas historias... Siempre con ella misma. Debió de ser agotador. Y triste, muy triste para ella. La única vez que lloré por Dorothy fue al ver la multitud de fotografías que nos había hecho y que colgó con esmero en un corcho junto a la ventana. ¿Por qué en vez de observarnos y fotografiarnos desde la distancia no vino junto a nosotros? Vi en esas instantáneas que a lo mejor sí nos quería. Más que a su propia vida. ¿Debía decírselo a Lia? Seguramente nunca entraría en el estudio. Era el santuario de Dorothy, el templo sagrado en el que nadie podía entrar. Solamente su editor, al que hacía venir expresamente a casa para no tener que salir a la calle. Nunca la vi con un pie fuera de casa, y en esos momentos pensé que, más allá de su comportamiento, podía haber otra razón. Una enfermedad, un secreto... Algo que hizo que mamá viviera una vida poco común, extraña. Por eso papá, el roquero, también desapareció de nuestras vidas de la noche a la mañana. Estábamos tan acostumbrados a su ausencia, que no nos importó lo más mínimo.

Fuimos a tomar café. Por lo visto, Lia tenía un notición que darme: se había «casi casi» enamorado. Me gustaba ver su entusiasmo hablando del tal Thomas, un tipo al que había conocido en el bufete. Sabiendo el poco tiempo que tenía Lia y lo mucho que le absorbía su trabajo, no era de extrañar que tuviera una relación con otro abogado. Era típico. Esperaba que le fuese bien, que lo que él sintiera por ella fuese tan real como lo que ella parecía sentir por él.

El cielo de Nueva York estaba gris y oscuro, seguramente en unas horas caería una buena tormenta de verano. Así como Lia siempre se entusiasmaba con un atardecer, a mí me ocurría lo mismo con las tormentas de verano. Evocaban recuerdos de épocas pasadas entrañables. En verano, Lia y yo estábamos siempre en remojo. Constantemente jugando en la piscina bajo la supervisión de Amy Kleingeld. Aún recuerdo su rostro, siempre serio... ¿Qué habrá sido de aquella mujer? Dejó de trabajar en casa cuando yo tenía trece años. A lo mejor murió; cuando era un niño, ya la veía una mujer muy mayor aunque es muy probable que no lo fuera tanto. Ya se sabe que los niños no perciben muy bien el tema de la edad; alguien de cuarenta años puede parecer muy viejo, cuando en realidad aún está en la flor de la vida. O, al menos, así lo veía a mis veintisiete años: alguien muy viejo según mi «yo» del pasado.

Allí, en North Haven, cuando el cielo oscurecía y el bochorno típico de la época estival se hacía insoportable, en vez de bañarnos en la piscina nos adentrábamos en el porche trasero acristalado repleto de coloridas flores silvestres. Era un lugar mágico, aunque no tanto como la buhardilla en la que únicamente nos refugiábamos en invierno. En verano no nos dejaban ir; de niño nunca entendí por qué. En la buhardilla siempre hacía frío, así que en invierno, cuando sí nos permitían ir, nos gustaba arroparnos con nuestras mantitas. Nos encantaba escuchar desde allí los truenos y el perpetuo picoteo de la lluvia cayendo sobre el tejado. O contemplar las estrellas desde la ventanita acristalada del techo de madera. Nos contábamos al oído historias inventadas e imposibles, y reíamos bajito... para no molestar a mamá. A menudo nos limitábamos a contemplar la lluvia desde la pequeña ventana de la buhardilla; un lugar un tanto especial. Cada estancia de la mansión era ostentosa, moderna y luminosa. Sin embargo, la buhardilla era oscura, modesta y estaba repleta de recuerdos, de juguetes que nadie quería, libros que nadie leía. Todo lo que no hacía falta, o estorbaba, iba a parar a la buhardilla. Por eso me gustaba ir allí con Lia, aunque en verano la cerraban a cal y canto y la echábamos de menos. Era un lugar lleno de recuerdos ansioso por crear más, y nosotros estábamos dispuestos a dárselos. Pero pasaron los años, irremediablemente, y Lia se convirtió en una adolescente rebelde y, a menudo, insoportable. Supe que tendría que acostumbrarme a la idea de ir solo. Ya nada volvería a ser como antes, la infancia se esfumó.

No me desagradaba estar solo. Le cogí el gusto desde que descubrí a Escorpión; en mi opinión, el mejor escritor de todos los tiempos. Era muy poco lo que sabía sobre él, solamente que era un autor casi desconocido, misterioso, pero con varias obras importantes en su haber de principios del siglo XIX. Todo un misterio... Fue una casualidad encontrarlo justo en el momento en el que más lo necesitaba. Tal y como le decía a Lia, nunca me sentí de esta época. Ni de este mundo. Fue un alivio leer las obras de Escorpión, puesto que hablaban de Patrick, un tipo parecido a mí. Un inconformista que no se siente identificado con nada ni con nadie de lo que le rodea y vive una gran aventura al descubrir una luz cegadora en el interior de una buhardilla. Con valentía y curiosidad, se adentra en ella sin saber, al principio, que se trata de un portal del tiempo que lo engulle hacia el pasado. Así es como el personaje viaja a una época diferente que sí le corresponde y en la que sí siente que ha encontrado su lugar en el mundo. Nacer. Vivir. Morir. ¿Dónde? ¿Cuándo? ¿Lo elegimos? ¿Somos dueños de nuestro destino? Son este tipo de preguntas las que me formulo constantemente y las que me hacen ser y sentirme diferente e incompatible con el resto de la humanidad. No digo que sea un ser extraordinario o algo por el estilo. No, no estoy diciendo eso... Jamás me atrevería.

Nunca disfruté el momento, ni conocí a nadie especial con el que compartir nuevas experiencias, con quien crear recuerdos... Con quien disfrutar. Nunca me he enamorado. La gente siempre me ha parecido muy distinta a mí. Despreocupados, egoístas... Sobre todo en la época adolescente. Luego conocí a Simon, propietario de una librería encantadora en Brooklyn, y puedo decir que mi relación con él era cordial, sé que me apreciaba. Era un buen tipo. Algo extravagante también, con su mundo interior. A mí me gustan ese tipo de personas, pero es como si no me apeteciera profundizar en ellas... por si me decepcionan. Mi hermana era mi mundo, no me veía capaz de querer a alguien más de lo que la quería a ella. Sin embargo, había una parte de Lia que nunca llegó a entenderme ni a empatizar conmigo.

—Will, respeto tu carácter —dijo de repente—. De verdad, lo respeto. Pero no eres feliz.

Mi hermana tenía razón. No era feliz, hacía tiempo que no lo era. Ella sí, a su manera, supongo... Se había enamorado y me alegraba por ella. Quizá algún día se decidiera a presentarme a ese tal Thomas y quizá no pudiéramos evitar la típica «rivalidad» entre hermano-cuñado. Sería duro dejar de ser el hombre más especial de su vida para ser simplemente su hermano. Lia me miró fijamente, como de costumbre, intentando averiguar en qué estaba pensando, y sé que seguramente no recordaría lo que a continuación le quise decir. Sé que tras esa fachada de abogada exitosa e inteligente seguía existiendo aquella niña con mala memoria y algo distraída que no dejaba de hacer preguntas. Miré sus ojos azules. Cuando la luz del sol le daba directamente en los ojos, eran casi transparentes. Dicen que los ojos son el espejo del alma, y si realmente es así, Lia tenía el alma más asombrosa del mundo aunque ella aún no se hubiera dado cuenta. Me quería y yo a ella. Somos hermanos. Y eso será así para siempre, pase lo que pase.

Removió su taza de chocolate caliente. No he conocido a nadie a quien le gustara tanto el chocolate como a Lia. De nuevo vi que la culpabilidad la martirizaba. Culpabilidad porque pensaba que yo había llevado una carga muy pesada a lo largo de toda mi vida, cuando no era a mí a quien correspondía llevarla. Tenía razón, pero no me arrepentía de nada de lo que había hecho por y para ella. Ser su fiel amigo, el que siempre estaba ahí para escucharla, para atenderla y cuidarla cuando se ponía enferma o se hacía daño. Lia siempre fue un alma libre, inquieta..., pero, sobre todo, alegre. Por nada del mundo hubiera permitido que esa sonrisa se borrara de su rostro.

Le comenté lo que tenía pensado hacer. Ir a casa de mamá y poner la mansión a la venta. En un principio se mostró reacia, pero no hicieron falta muchas palabras para convencerla de que era lo mejor. Lo único que me llevaría de allí serían las fotografías que nos hizo mamá desde la ventana de su estudio y que Lia aún desconocía. Tenía ganas de enseñárselas, aunque todavía no había llegado el momento.

Nos despedimos con un beso y una mirada cómplice. Aún no era consciente de que esa sería la última vez que vería a mi hermana. Era mejor así. Es mejor no saber ese tipo de cosas... Pasa lo mismo que con la muerte. No quedarían asuntos pendientes o cosas por decir, pero aun sabiendo que la Parca vendrá a por tu ser querido, no puedes hacer nada y el simple hecho de saberlo y adelantarte a los acontecimientos puede volverte loco.

Encendí un cigarrillo y fui caminando lentamente hacia donde tenía aparcado el coche. Dejé mi chaqueta gris en la parte de atrás y el libro de bolsillo que me acompañaba en el asiento de copiloto. Al aparcar en la entrada de la mansión y ver su estado deplorable, quise dar media vuelta y huir de ahí. Contemplé con lástima el sauce llorón moribundo, la desoladora piscina con una asquerosa agua verde y la fachada de ladrillo envuelta en una tétrica hiedra llena de lagartijas que seguramente se habían convertido en las dueñas de lo que un día fue mi hogar... El mío y el de Lia. Al entrar, tuve que taparme la nariz. El ambiente estaba cargado y olía mal, como a gato muerto. Dos fueron los gatos que hallé muertos en la cocina, y me encargué de enterrarlos en el jardín. Pero el olor no se iba... Subí hasta el estudio de mamá. Contemplé las fotografías una vez más con una sonrisa bobalicona... Cuando estaba a punto de desclavarlas del corcho para llevármelas y enseñárselas a Lia, oí un golpe contra el suelo de mármol. Al salir del estudio para ver qué era, vi que la escalera de madera que conducía a la buhardilla estaba desplegada.

«¿Quién demonios ha...?».

Nadie... Por supuesto que nadie la había utilizado. Estaba tan vieja que lo más seguro es que se hubiera caído. Algo peligroso, por cierto. Un desperfecto más que debía arreglar por si la nueva familia que se instalara en la casa tenía niños. Me di la vuelta con intención de regresar al estudio de mamá, en el que se me hacía muy raro estar. Nunca nos dejó entrar, nunca nos dejó estar con ella. Aún no lo entiendo, aún duele.

Entonces, un golpe seco. Di un respingo, estaba asustado. Y nunca me he asustado fácilmente. Al volverme, vi una luz que procedía de la buhardilla. Una luz poderosa, enérgica..., que me transmitía paz. El miedo se convirtió en curiosidad. Como otras tantas veces, subí los peldaños hasta la buhardilla... y no podía creer lo que estaban viendo mis ojos. Como si estuviera dentro de una de las novelas de Escorpión, como si yo fuera el aventurero y extraño protagonista de sus fascinantes historias, me encontré envuelto en una cegadora luz que me mostraba una espiral negra bajo la pequeña ventana de la buhardilla. Un portal del tiempo que giraba muy rápido sobre sí mismo y desprendía un frío desolador. Tal y como describía Escorpión en sus novelas, exactamente igual... Lo miré fijamente, dudando de que eso fuera real, de que todo eso solo hubiera sido fruto de mi imaginación. O un sueño. ¿Cuándo me había quedado dormido? No..., estaba despierto. Más que nunca. Cuántas veces soñé con que me sucediera algo así... Cuántas veces deseé que la magia me viniera a visitar. Y, sin embargo, en el momento en el que lo había hecho, dudé. Dudé por Lia. Porque sabía que si entraba en ese agujero, no la volvería a ver jamás.

Un paso. Dos. Tres... Oscuridad.

«Lo siento, Lia. De verdad que lo siento... Sé lo que esto supondrá en tu vida. Por primera vez he sido un egoísta, por primera vez he pensado en mí. Pero sabes que nunca he podido resistirme a la magia, ni siquiera siendo un adulto supuestamente maduro y cuerdo. Te deseo muchos atardeceres felices y que mi ausencia no suponga un tormento».

Capítulo 3

Lia

Agosto, año 2012

Desde el estudio, continué viendo la luz. Llamándome, esperándome... Pero me asaltaban mil dudas. Si mi hermano no había vuelto a lo largo de esos cinco años de ese maldito agujero era porque no había podido hacerlo. De haber podido, habría vuelto para decirme que estaba bien. Will no era egoísta, siempre pensó más en mí que en él mismo. No lo entendía.

Por otro lado, era un alivio intuir al fin qué era lo que le había sucedido a mi hermano. No lo habían asesinado. No estaba muerto. Había atravesado ese agujero negro del que yo dudaba. Del que no me fiaba. Entrar o no entrar... Will estaba vivo, en alguna otra época o quizá en otra dimensión... Pero ¿dónde? A lo mejor había conseguido encontrar su lugar en el mundo. De veras esperaba que fuera así.

Lo haría, sabía que lo haría tarde o temprano, pero me quería hacer de rogar. No quería ponérselo tan fácil al portal. No si eso, fuera lo que fuese, se había llevado a mi hermano y era el responsable de todo el sufrimiento de estos años. También por miedo, para qué negarlo. Lo desconocido aterra. ¿Y si eso era el fin? ¿Y si ese portal me engullía y me hacía desaparecer del mundo?

Volví a acercarme, me agaché un poco y metí la mano por el agujero. La saqué rápidamente, asustada. Mi mano estaba congelada..., apenas la podía mover. Había visto cómo desaparecía, desintegrándose y fusionándose con el agujero, que en esos momentos me parecía un apasionante universo infinito. Creo que el agujero así me lo dijo, por si aún me quedaba alguna duda de que se trataba de un portal del tiempo.

Volví a mirar la luz cegadora a mi alrededor, cerré los ojos, apreté los labios y dejé que fuera mi cuerpo el que se lanzara a lo desconocido. Sin pensar. Sin sentir. La sensación más extraña que había experimentado jamás. Mi cuerpo físico dejó de existir por un momento, un tiempo incierto que seguramente no existía en el interior de ese agujero, pero que a mí se me antojó eterno. Mis pensamientos seguían activos a una velocidad sorprendente. Fue como si mi alma estuviera a punto de nacer de nuevo; mientras tanto, el agujero me mostraba imágenes del pasado con una extraordinaria viveza a la vez que me transportaba a otra realidad desconocida. Vi todo un mundo desde la oscuridad; sentí pánico al pensar que podía ser el final de todo. Que me quedaría atrapada en el limbo durante toda la eternidad. Que no volvería a ver la luz del sol o un atardecer. Que las posibilidades de encontrarme con Will eran remotas.

No podía hablar. Apenas podía moverme porque mi cuerpo seguía sin tener estímulos. Simplemente había dejado de existir. Oscuridad.

Y de repente... destellos; guerras; hombres y mujeres vestidos de épocas pasadas; ciudades sin rascacielos; campos desiertos; imágenes en blanco y negro, como si estuviera viendo fotografías de toda la historia del planeta; atardeceres sorprendentes sin contaminación. Y luz. Mucha luz.

LIA

Abril, año 1813

Abrí los ojos. Poco a poco, despacio... Sentía mi cuerpo como si nada hubiera sucedido, como si nunca hubiera estado en el limbo, como si el viaje a través del espacio no hubiera existido. Sin embargo, un indeseable compañero había venido conmigo: un tremendo dolor de cabeza. Abrí más los ojos. Ya no había oscuridad; la cegadora luz que encontré en la buhardilla también había desaparecido. ¿Dónde me encontraba? Quise levantarme, pero no tenía fuerzas. Contemplé el cielo estirada en lo que parecía un amplio campo con césped salvaje y muy verde repleto de flores silvestres. Estaba convencida de que me encontraba contemplando un atardecer, pero era más del gusto de Will que del mío... Los colores no se mezclaban entre sí, el rosa y el naranja típico del crepúsculo le habían cedido el paso a unos densos nubarrones y a un cielo gris que avisaba que pronto dejaría caer una gran tormenta. Respiré hondo. Olía a naturaleza, a campo. A vida.

«¿Estoy en el cielo? ¿Es eso posible? ¿He muerto?».

No. No estaba muerta. Me incorporé lentamente con tal de conseguir un campo de visión más amplio. El oscuro cielo no me daba muchas pistas del lugar en el que me hallaba, así que miré a mi alrededor con curiosidad. Solo había campo, no podía ver nada más allá. Me levanté sin prisas, observé mis pies descalzos y alcé de nuevo la vista al cielo. Empezaba a llover. Tenía frío... Por mucho calor que hiciera en Nueva York, debería haberme puesto unos vaqueros. Temía que la poca tela del vestido hiciera que el frío me calara los huesos. O lo peor de todo... Según el año en el que me encontraba, ese vestido podría ser muy poco aconsejable. Nada habitual. Algo mal visto. ¿Hasta dónde me había transportado el agujero? De nuevo, mil preguntas. Y, de nuevo, el miedo al escuchar unos gritos. El galope de numerosos caballos me hizo entender que ya no me encontraba en el siglo xxi. Había viajado hasta otra época lejana a mi tiempo que aún desconocía. Pero no fueron los caballos lo que provocó que mi corazón se acelerara por el sobresalto, sino los violentos gritos de los hombres que montaban en ellos. Me parecieron una multitud... Y venían hacia donde yo me encontraba. Venían a por mí, habían visto la luz, que, como por arte de magia, ya se había esfumado cuando yo había aparecido en ese remoto lugar. «¿Qué he hecho? Nunca debería haber entrado en ese agujero», me dije.

—¡La luz! ¿La habéis visto?

«¡Brujería! ¡Brujería!», gritaron los hombres desde la lejanía. ¿Brujería? Oh, Dios... En esos momentos quise huir, no quería acabar en la hoguera. Volver a la seguridad de la buhardilla, de la mansión de mi madre ausente. A la seguridad, por decirlo de alguna manera, de la ciudad de Nueva York del siglo xxi. Los caballos galopaban a gran velocidad, los gritos seguían amenazando mi ya olvidada tranquilidad del principio, y la lluvia no cesaba en su empeño de continuar mojando mi veraniego vestido blanco, lo cual tendría unas consecuencias fatales: en pocos minutos se me transparentaría la ropa interior.

Seguí corriendo, pero era inútil. A lo lejos se vislumbraba un bosque repleto de árboles en los que poder encontrar cobijo, pero los caballos me estaban alcanzando y era imposible llegar hasta allí antes que ellos. Me detuve y por poco salgo volando, arrollada por los salvajes jinetes uniformados con lo que me parecieron trajes militares de color marrón muy antiguos. Por suerte, se detuvieron a tiempo y me escudriñaron con curiosidad. Pude ver un atisbo de miedo en los ojos claros de esos cuatro hombres que segundos antes me habían parecido un regimiento. Pensé en aprovechar el miedo que percibí en su mirada y, en un arranque de valentía, decidí enfrentarme a ellos.

—¿Qué pasa? ¿Qué modales son estos? —espeté muy seria—. ¿Creéis que podéis perseguir a una mujer así, por las buenas?

Los cuatro hombres se pusieron a reír. El mayor de ellos, de piel blanquecina con un frondoso cabello negro peinado hacia atrás, que ya lo hubiera querido Thomas, y un bigote similar al del pintor Dalí, me apuntó con una diminuta y anticuada arma de fuego, agarrando con fuerza la empuñadura de madera con bordes dorados y mordiéndose el labio inferior. ¿Acaso estaba tratando de insinuarme algo con ese lascivo gesto? Miré mi vestido... La lluvia seguía cayendo, y sí, se me veía el sujetador color carne. Los cuatro hombres ya no me miraban a la cara, estaban centrados en mis pechos.

—Muy *vintage* —comenté, y reí sin saber de dónde provenía mi desacertado humor, cuando, en realidad, estaba muerta de miedo. Me estaba apuntando con el arma. Antigua, muy antigua..., pero de fuego. La bala atravesaría mi piel, dolería y moriría a saber dónde..., a saber cuándo. Por sus vestimentas descartaba la Edad Media y también la época de la caza de brujas, que tuvo su mayor apogeo durante la guerra de los Treinta Años, entre 1618 y 1648. No era un alivio, esos hombres creían que yo era una bruja... y querían matarme por ello—. Perdonen... —dije a continuación—, ¿podrían decirme qué año es? Hoy me he levantado un poco desubicada.

La mirada instigadora de esos hombres me alertaba de que no era momento para más bromitas.

—¡Cállate la maldita boca de una vez, bruja! —gritó el tipo pelirrojo que estaba junto al hombre que me apuntaba, y descabalgó enfurecido—. Dispare, sargento —le ordenó al moreno que había copiado el estilo del bigote de Dalí, aunque dudé mucho que ese hombre supiera quién era Dalí. Era muy probable que el reputado artista aún no hubiese nacido en la época en la que me encontraba, y al pensar en eso, aunque pudiera parecer un pequeño detalle tonto, me di cuenta de la envergadura de mis actos.

¿Había sido un error por la necesidad de encontrar a mi hermano? ¿Y si estaba equivocada y él no había cruzado el portal? Me había arriesgado; la parte negativa de mí empezaba a decirme que quizá había sido en balde, que en ese instante iba a morir por culpa de una bala que ya no existía en mi época. Me estremecí. Cerré los ojos con fuerza, por si el impacto de la bala me dolía menos. También recé... Volví a rezar por si servía de algo, aunque Dios o lo que fuera que hubiera allí arriba no escuchó mis ruegos la última vez que había ido a hacerme la ecografía de mi cuarto bebé sin latido. Maldije mi curiosidad y la de Will, al haber entrado en el portal del tiempo cinco años atrás. Lo que parecían pocos años, en esos momentos parecía toda una vida. O dos, o tres... Al abrir los ojos, me sorprendió ver a los cuatro hombres mirando hacia otro lado. Mi presencia les había dejado de importar. Era un buen momento para huir, pero de nuevo la maldita curiosidad se apoderó de mí. A lo lejos se oía galopar con poderío otro caballo, que a una velocidad sorprendente se iba acercando a nosotros. El tiempo se ralentizó, y yo, sin saber por qué, respiré aliviada, y al del bigote a lo Dalí se le cayó al suelo el arma de fuego, circunstancia que yo aproveché y, en un rápido movimiento, recogí. Ni siquiera se dio cuenta, tan concentrado como estaba en la interrupción del intruso. El arma era pesada, mis frágiles muñecas apenas podían sostenerla; tampoco sabía cómo funcionaba, pero al menos me dio la información que necesitaba: tenía un grabado plateado que databa del año 1805, y también me fijé en la insignia de un águila con las alas abiertas justo encima del gatillo.

—Otra vez por aquí... ¿Acaso sois los guardianes del bosque? —dijo una nueva voz con tono amenazante; una voz de hombre grave y fuerte que imponía respeto, y quizá miedo.

Estaba tan absorta en cada uno de los detalles del arma de fuego antigua que tenía en mi poder que ni siquiera reparé en que el caballo que galopaba a toda prisa se había situado frente a los cuatro hombres que me habían confundido con una bruja y querían acabar con mi vida. El jinete tenía aspecto rudo, espalda ancha y fuertes brazos, y miraba a los cuatro uniformados con unos penetrantes y misteriosos ojos de color miel. De presencia imponente, parecía estar muy seguro de sí mismo. Un mechón de su larga melena castaña caía sobre su frente de tez bronceada y labios carnosos... Era uno de los hombres más atractivos que había visto en mi vida. No llevaba un uniforme militar, como el resto, sino que vestía con una camisa blanca, unos pantalones color beis y unas botas marrones. Maldije cada uno de los momentos en los que no presté atención en las clases de historia del instituto... ¿Qué sucedió a principios del siglo xix? Si no fuera por el intenso color verde del césped y los alrededores repletos de árboles frondosos, hubiera creído que estaba dentro de una película del Oeste.

Pensaba que le tendrían miedo, que saldrían huyendo despavoridos. Pero, en vez de eso, el pelirrojo cogió su arma, apuntó al cielo y disparó. Un ave desafortunada que volaba por el lugar cayó desplomada al suelo. Los otros dos también cogieron sus armas, mientras que el moreno me escrutaba muy confuso. Pensaba que bajaría del caballo y me arrebataría la pistola; sin embargo, se quedó en silencio mirando a sus compañeros. Tres contra uno. Antes de que pudieran disparar al recién llegado, él, en un rápido movimiento, vino galopando hacia mí, me agarró por la cintura y me colocó sin esfuerzo alguno encima de su montura. El caballo corrió a una gran velocidad, adentrándose en las entrañas del bosque hasta llegar a un riachuelo en el que nos detuvimos. Había dejado de llover, pero yo estaba empapada y seguía teniendo frío.

Eché la vista atrás y vi que los cuatro hombres se quedaban quietos en el lugar, por lo que supuse que no nos seguirían.

***

El desconocido bajó con facilidad del caballo, se acercó al riachuelo y se lavó la cara sin prestarme la más mínima atención. No podía dejar de mirarle y de pensar que, cuando yo nací, el hombre que tenía delante ya estaba bajo tierra desde hacía un siglo. Y era una lástima, porque si hubiera nacido en mi tiempo le habría propuesto una cita para cenar, ir al cine, tomar un café. Lo que fuera. Me hubiera vuelto loca por ese hombre, aun sintiéndome culpable e infiel en esos momentos al estar pensando en algo así. Thomas. Nuestros intentos fallidos por concebir un hijo; todo lo que habíamos vivido y las cenizas que quedaban ahora tras nuestra última conversación. Cómo habría sido mi vida si alguno de los frustrados embarazos hubiera llegado a buen puerto.

El desconocido se me quedó mirando fijamente; era él quien trataba de llamar mi atención, sacándome de mi ensimismamiento.

—¿Todo bien? —preguntó.

Traté de animarme. ¿Qué otra cosa podía hacer? Utilizar el sentido del humor como armadura siempre me había venido bien en los peores momentos, exceptuando cuando Will desapareció. Tenía un resquicio de esperanza de volverlo a ver ahí, en ese lugar y en ese tiempo, y solo por eso ya merecía la pena sonreír, dejando a Thomas y a nuestros bebés no nacidos, muy a mi pesar, en alguna parte del pasado que extrañamente, en ese tiempo, aún no existía. Vivir. Respirar. Tan fácil como eso.

Sonreí observando la curiosidad que el desconocido parecía tener por mí, casi tanta como yo por él. Su mirada me recordó a la de Thomas cuando nos conocimos. Él también me miró así: curioso y con ganas de entablar una conversación que le permitiera conocerme mejor.

—Creo que Brad Pitt se inspiró en ti en *Leyendas de pasión* —solté de repente, intentando romper el hielo, aun sabiendo que no entendería mi comentario.

—Hace un tiempo me encontré con un hombre que hablaba tan extraño como usted —dijo sonriendo con naturalidad. Los hoyuelos que se le marcaban al sonreír le hacían parecer menos duro de lo que había aparentado ante los cuatro hombres uniformados.

—¿Will? —pregunté esperanzada. El hombre se encogió de hombros y le dio de beber a su caballo—. ¿Quién eres?

—Perdón, qué grosería. Mi nombre es Patrick Landman y, como verá, no son tierras seguras para una mujer que viste con un camisón extraño, demasiado corto y empapado por la lluvia mostrando su piel —dijo, mirándome de reojo pero queriendo evitar en todo momento fijar su vista en mis pechos. Al menos era discreto, no como los otros descarados que querían matarme—. Estas tierras, según los jinetes que la abordaron, están embrujadas, ¿lo sabía? Esos hombres recorren estos campos para cazar brujas, desde que hace siglos se vislumbra una extraña luz en el lugar —explicó pausadamente.

—¿Tú no crees que yo sea una bruja?

—No. Yo solo veo a una mujer —respondió con normalidad e indiferencia. «Un tipo duro de roer», pensé. Me recordó a Thomas, altivo y resuelto, hablando siempre directamente, claro y sin filtros. Él solía decir: «Mejor ir al grano, aunque duela; luego te lo agradecerán».

—Bueno, tengo que darte las gracias, Patrick. —Decidí cambiar de tema para no sentirme tan mal—. Si no hubieras aparecido, seguramente estaría muerta. —Solo de pensarlo me entraban escalofríos. Aunque había aceptado el hecho de encontrarme en otra época por muy descabellado que fuera, y parecía no llevarlo del todo mal, una vocecilla interior seguía diciéndome que debía de tratarse de un sueño—. Me llamo Lia Norton.

—Lia... ¿Qué nombre es ese? ¿De dónde procede? —preguntó con curiosidad, mirándome fijamente.

—Por lo que he leído, es de origen hebreo, y aunque en América es más común Leah, a mis padres por lo visto les gustaba más en italiano... Lia. De todas formas —continué diciendo, aunque sabía que había dejado de prestarme atención desde hacía rato—, tiene muchos años... ¿Has leído la Biblia? —Patrick negó frunciendo el ceño—. Yo tampoco. El caso es que tiene una procedencia religiosa, porque en la Biblia se dice que la mujer de Jacob se llamaba Lia, por lo que en 1805 digo yo que también habrá mujeres que se llamen así... ¡Oh! también procede del español «Rosalía». ¿Rosalía se lleva en 1805?

—¿Cómo? Su comportamiento me confunde, señorita Lia. Porque usted es señorita, ¿verdad?

—Sí, sí, señorita, señorita... Nada de señora —quise aclarar rápidamente.

—De todas formas, déjeme que la contradiga, puesto que vivimos en el año 1813.

¿1813? ¿Estaba en el año 1813? ¿Así era North Haven en 1813? Muy distinto al que yo había conocido durante toda mi vida. Sin sus lujosas mansiones y encantadoras casas de clase media-alta. En 1813, North Haven se componía de campos infinitos con un manto de hierba salvaje y verde, flores silvestres alegres y coloridas, riachuelos y bosques poblados de altos y robustos árboles.

—Ah... Es que vi en el arma de uno de esos que querían matarme que databa del año 1805, por eso pensé que...

—Bien, señorita —me interrumpió—. Un placer conocerla, pero nuestros caminos se separan aquí. Vigile y salga de estas tierras de inmediato —dijo con la intención de subirse al caballo.

—¡No! —grité—. No, no... No puedes irte.

—¿Por qué?

—Porque necesito ayuda. Estoy buscando a alguien... A mi hermano, William Norton. ¿Lo conoces?

—Me temo... que no... —mintió como un bellaco. Lo supe por la rigidez de su cuerpo y su titubeo. Había dejado de ser el hombre seguro de sí mismo con ese simple «no». También se rascó la nariz. Había conocido a demasiados mentirosos a lo largo de toda mi carrera de abogada como para no cazarlos al vuelo—. ¿De qué año viene usted?

Su pregunta me sorprendió.

—¿Sabes qué es esa luz? —repuse yo, sin responder a su pregunta

—Claro. Es un portal que transporta a las personas a otras épocas —dijo—. Hay diversas zonas a lo ancho de este prado en el que ha aparecido esa luz. No he osado nunca entrar por ninguna de ellas. No me imagino en otro lugar que no sea en este, pero sí he visto a algunos venir de épocas lejanas hasta aquí.

Me quedé en shock. Por un lado, era un alivio que ese hombre tuviera información sobre el portal y que otros, y no solo yo, lo hubieran cruzado antes. Me hacía sentir segura, menos especial y, sobre todo, menos chiflada. Por tanto, había más viajeros, lo cual me parecía algo increíble y extraño. Del impacto por la noticia y la información de Patrick pasé, en cuestión de segundos, a la curiosidad: ¿quiénes eran esos otros viajeros?, ¿desde dónde venían?, ¿existían más portales aparte del de la buhardilla de mi abandonada mansión?, ¿todas las mansiones de North Haven poseían un portal del tiempo?

—Procedo... —Reí. Era una locura—. Procedo del año 2012.

—Muy lejano en este tiempo... —afirmó pensativo, mirándome fijamente.

—Sí. Los otros... ¿venían también desde tan lejos? —quise saber.

—No pregunté. Apenas mantuvimos conversación. —Otra mentira. Lo supe porque no era capaz de mirarme fijamente a los ojos cuando respondía a mis preguntas.

—¿También los defendiste de los que creen que es brujería?

—Ellos sabían defenderse mejor que usted.

—Vaya... No es muy halagador lo que me dices —refunfuñé.

—También debo decirle que algunos perecieron a manos de los cazadores de brujas —me informó encogiéndose de hombros. La sola idea de que me hubieran matado también a mí me horrorizaba. O que hubieran acabado con Will.

—Pero entonces..., ese hombre, el que dices que hablaba tan raro como yo..., ¿era rubio, con los ojos azules? ¿Alto, delgado...?

—Sí, así era.

—¡Es Will! ¡Es mi hermano! ¿Sabes dónde fue?

—Han pasado cinco años, señorita Lia. Hablamos apenas cinco minutos, estaba algo asustado y le di indicaciones para llegar al pueblo más cercano. Un largo viaje desde aquí.

«¡Está vivo! ¡Will está vivo!», pensé.

—¿Y cuál es el pueblo más cercano? —pregunté.

—New Haven.

—¡Lo conozco! ¿Sabes que dentro de unos años estas tierras en las que nos encontramos estarán repletas de lujosas mansiones? Se llamará North Haven.

—Interesante información, señorita, pero es una lástima —dijo mirando a su alrededor—. ¿Desaparecerán los árboles?

—Algunos... —confirmé con pena.

—El mundo está destinado a ser destruido por los seres humanos, me temo —dijo pensativo.

—Patrick..., tengo que encontrar a mi hermano —le dije, volviendo al tema que me interesaba. Casi suplicando.

—Lo siento, no puedo ayudarla. Tengo cosas que hacer.

—Imagino... Un hombre como tú tiene que estar pillado, seguro.

—¿Pillado?

—Casado.

—¿Casado, yo? No, señorita. Soy un espíritu libre. *Escorpión* es mi único compañero —dijo palmeando la grupa de su caballo.

—¿*Escorpión*? —pregunté con incredulidad.

Demasiados sobresaltos en tan poco tiempo como para asimilarlos y volver a pensar en Escorpión y sus novelas; él era el motivo por el que había regresado a la mansión de North Haven y había descubierto el portal del tiempo en la buhardilla. ¡Patrick! El mismo nombre del protagonista de aquellas historias que tanto le gustaban a Will... Lo único que no cuadraba era su rostro, que no era el del retrato que vi en la exposición, puesto que se trataba de la viva imagen de Will. ¿Cómo olvidarlo? No pasé por alto ese detalle. Pero entonces me fijé mejor en las facciones de Patrick y aunque no tuviera los ojos azules ni la tez blanca o el cabello rubio, podría ser perfectamente el hombre que vi en el cuadro. Tal vez le pidió al pintor que lo dibujara de otra manera... Tal vez recordó el rostro de Will y le dio las órdenes necesarias para que calcara la imagen de mi hermano. Debía de ser eso, o al menos algo parecido. Y quizá en ese momento del tiempo esa pintura aún no existía.

¡Era él! Tenía que ser él... *Escorpión* era el nombre de su caballo marrón, pero también el seudónimo que utilizó el escritor para publicar sus obras y poner su propio nombre al personaje protagonista. Imaginé que si Will habló con él y supo que era su escritor preferido, se pondría loco de contento. Y yo estaba emocionada por haber llegado a esa conclusión y, de esa forma, desvelar el misterio que me produjo descubrir por casualidad la pintura.

—¿Escribes? —le pregunté sonriendo.

Él también sonrió, evadiendo la respuesta. Por tanto, sí... Era él. Hubiera puesto la mano en el fuego de que se trataba del mismísimo Escorpión.

«Ojalá Will estuviera aquí... Tendría tantas preguntas que hacerle. Estaría entusiasmado», me dije.

—Señorita, sé que procede usted de un tiempo lejano, pero me resulta una mujer muy extravagante. Extraña. ¿En el año 2012 son todas así? —preguntó frunciendo el ceño. Se le marcaron unas atractivas arrugas de expresión alrededor de sus ojos rasgados, que nada tenían que envidiar a las de George Clooney.

—¿Extravagante? Pues deberías conocer a Lady Gaga —bromeé imaginando la expresión que Patrick pondría si la viera.

Reaccioné como si quisiera acercarlo a mi época al estar yo en la suya. Al fin y al cabo, si no seguía con mi toque de humor, esta experiencia podría resultar traumática para mí, y después de todo lo vivido no creo que pudiese soportar más quebraderos de cabeza. En parte, no podía evitar sentirme feliz por tener más esperanzas que nunca después de tantos años, al saber que las probabilidades de encontrarme con mi hermano crecían a cada paso que daba. De ahí mi decisión de cruzar la luz cuando no sabía qué era. De ahí mi viaje. Tenía que hacer que mereciese la pena. Esforzarme por volver a ser lo que un día fui: una mujer feliz.

Nos miramos fijamente durante unos segundos. Volvió a fruncir el ceño, se tocó con nerviosismo las manos y apartó un mechón castaño de la frente. ¿Qué estaría pensando? A lo largo de nuestra conversación supe que había mentido en algunas de sus respuestas por mucho que lo intentara disimular. Recordaba a Will, de eso estaba segura. Y tal vez, si le seguía el juego, podría llevarme hasta él.

—Su rostro me es familiar, Lia..., y la voy a ayudar. Es mi deber porque... —se detuvo. Sonrió y recordó algo, pero no quiso continuar por ese camino—. Pero después prométame que usted volverá a su época. Tiene veinte días para hacerlo, aunque si es antes, mejor. Nunca se sabe.

—¿Veinte días?

—El portal se abre cada cinco años durante veinte días. A ciertas horas especiales del día, como el amanecer y el atardecer.

—Has dicho que es tu deber porque... —quise averiguar.

—¿He dicho eso? —disimuló riendo.

—Sí.

—Como le digo, su rostro me es familiar y acabo de recordar algo que sucedió hace muchos años.

—Entonces... ¿me vas a ayudar?

—Es hora de irse, la tormenta ha cesado y tenemos por delante un largo viaje hasta Hartford.

—¿Hartford?

—¿Quiere encontrar a su hermano o no?

—¡Entonces sabes dónde está mi hermano! ¡Me has mentido todo el rato! —le acusé alterada.

Él sonrió misteriosamente, y yo olvidé todas sus mentirijillas al quedarme prendada de su mirada. Ocultaba algo, lo sabía. Pero ¿el qué? Encontrarme con él no había sido casualidad, aun así resultaba ser todo un misterio que aún debía resolver. Quizá poco a poco podría sonsacarle cosas y descubrir la verdad. Sin embargo, todo me era indiferente si me ayudaba a encontrar a Will.

—Suba —me indicó, señalando al caballo.

—¿Podrías ayudarme también en esto? Soy un poco patosa y el vestido se me ha quedado pegado a la piel.

Sus fuertes manos me asieron por la cintura por segunda vez. Me estremecí porque ese hombre me atrajo desde el minuto uno, como no lo había hecho nadie en el siglo XXI.

—Agárrese bien, Lia.

Le hice caso, porque de lo contrario hubiera acabado tirada en el riachuelo. El caballo galopó a gran velocidad por el bosque, cruzando diversas praderas, enfrentándose sin dificultad a numerosos obstáculos que aparecían en el camino. Patrick conocía el entorno como la palma de su mano. Yo me aferraba a él, me hacía sentir segura, y sabía que nada malo podría sucederme en esa época que desconocía totalmente si él estaba conmigo. En el fondo había tenido suerte..., suerte de haberlo encontrado en lo que me había parecido un destino peligroso al toparme con aquellos cuatro hombres. ¿Seguirían acordándose de mí? ¿Nos buscarían hasta el fin del mundo para matarme? Entonces me acurruqué contra la espalda de Patrick, cerré los ojos, sentí el viento golpeando mi cara y la libertad de un mundo nuevo en el que todo dependía de mí y de las decisiones precipitadas que me habían traído hasta aquí.

—¡Si no le importa, Lia, no se me pegue tanto a la espalda! ¡Me incomoda! —gritó, volviéndose un poco hacia mí para que lo escuchara.

«¡Qué manera de romper la magia!», pensé.

Decepcionada, me distancié un poco de él sin soltarme de su cintura para no caer, debido a la gran velocidad de *Escorpión*, y en silencio contemplé las estrellas. Jamás en toda mi vida había mirado al cielo y había visto tantas estrellas. En ese mundo libre de contaminación se respiraba una paz que yo no había conocido en mi época. Pensé en Thomas, no lo pude evitar. A mil años luz de ese lugar, en otra dimensión y en otro momento de la historia... ¿Pensando en mí? ¿En lo que podría haber sido nuestra vida? A lo mejor intentó localizarme y, al no lograrlo, creyó que no querría saber nada de él. Y en cierta manera era verdad. En ese caso, ¿quién pensaría en un tipo malhumorado calvo y con barriguita como Thomas?

***

Hacía rato que había perdido la noción del tiempo. Sin teléfono móvil, sin reloj..., desconocía completamente qué hora era cuando Patrick detuvo el caballo en un frondoso bosque, saltó de la silla de montar con facilidad y, agarrándome de nuevo por la cintura con delicadeza, al fin pude poner mis pies descalzos sobre la tierra húmeda.

—Deben de ser las once de la noche —informó, como si me hubiera leído el pensamiento—. ¿Tiene hambre?

—Sí, un poco... Y tengo mucho sueño. El viajecito me ha dejado agotada. Quiero cambiarme de ropa, ponerme unos zapatos y que se me pase este maldito dolor de cabeza —dije con sinceridad.

—¿Está incómoda?

—Pues sí, eso he dicho.

—Al amanecer llegaremos a New Haven. ¿Tiene monedas?

—No...

—No importa, iremos a un lugar en el que le facilitarán un vestido como Dios manda.

Me guiñó un ojo pícaramente, le dio de beber al caballo y caminó unos metros dejándome a solas con *Escorpión*. Desapareció entre los árboles y la penumbra de la noche e, instantes más tarde, regresó triunfal con un conejo muerto en sus manos. En un momento encendió una hoguera y abrasó al pobre conejo.

Permanecimos en silencio durante mucho rato. Al fin y al cabo, éramos dos desconocidos de dos épocas distintas, con muy poco en común y un halo de misterio en nuestro encuentro. El fuego me reconfortó mucho; secó mi vestido y el frío que me tenía calada hasta los huesos desapareció.

No solo las llamas de la hoguera me hipnotizaron por un momento. Patrick se mostraba sereno y confiado, centrado en dar la vuelta al conejo mientras las llamas iluminaban su tez bronceada. La luna más grande que había visto jamás parecía querer iluminarnos y hacernos compañía, ser un protagonista más en esa escena. Las estrellas, que eran nuestras aliadas, parecían sonreír mostrándonos su brillo y esplendor. Vi pasar unas cuantas estrellas fugaces, y a todas les pedí un deseo. Bueno, en realidad fueron dos:

«Que encuentre a Will».

«Que Patrick se enamore de mí».

Capítulo 4

William

Abril, año 1808

Nunca imaginé que un viaje en el tiempo fuera tan fácil; al menos, esa fue mi sensación. Una sensación que ya había experimentado a través de las palabras, en infinidad de ocasiones gracias a Escorpión. Por eso tampoco se me hizo tan extraño. Al igual que Patrick, el protagonista de las novelas del mejor escritor que haya existido jamás, que viaja en el tiempo para encontrar su lugar en el mundo, tuve la extraña sensación de encontrarme flotando en el limbo; sin cuerpo físico, pero con el alma más viva y despierta que nunca. Vi pasar por delante de mis ojos infinidad de imágenes que me hablaban de otras épocas, de otros mundos. Y al fin, tras la oscuridad..., luz. Pero la luz, tal y como vino, desapareció, dejándome tumbado sobre un prado desde donde vislumbré, con un tremendo dolor de cabeza, un cielo gris y nublado que anunciaba tormenta. No tenía calor, tampoco frío, por lo que deduje que era primavera. Las flores silvestres del campo estaban repletas de vida y de color, y por un momento creí estar en el cielo. Hasta que a lo lejos oí gritos y caballos galopando a toda velocidad hacia mí. Corrí lo más rápido que pude y conseguí despistarlos. Llegué al bosque y me escondí tras los árboles. A lo lejos vi a cuatro hombres con uniformes militares, probablemente de principios del siglo XIX, deduje por las fotografías que recordaba de las clases de historia del instituto. Me estaban buscando, pero no osaron adentrarse en el bosque en el que yo me había refugiado. Y seguían gritando enloquecidos con sus armas de fuego antiguas apuntando al cielo gris: «¡Brujería! ¡Brujería!».

¿Era el portal del tiempo cosa de brujería para esos hombres?

Seguí caminando por el bosque. No tenía la sensación de que siguieran en su empeño de buscarme, encontrarme y, seguramente, matarme. Durante el paseo también llegué a otra conclusión: el lugar en el que me encontraba debía de ser North Haven a principios del siglo XIX. ¡Qué paz! Las lujosas mansiones no existían; todo cuanto había eran prados, bosques y riachuelos. El ser humano es un miserable que está condenado a destruirlo todo con sus ansias de poder. Y según pasan los años, cuando una tecnología cada vez más avanzada permite construir rascacielos igual de fácil que salir a comprar el pan, peor resulta todo.

Empezó a llover. Parecía una tormenta de verano de las que tanto me gustan, pero hacía frío. Seguí caminando, mirando con curiosidad a mi alrededor. En ese lugar había magia... Pureza. Un halo de misterio que me envolvía y me hacía sentir especial por lo que había acabado de vivir. Por primera vez en mucho tiempo, reí. Miré hacia arriba y dejé que las frías gotas de lluvia entraran en mi boca. El dolor de cabeza desapareció, al mismo tiempo que la felicidad se presentaba ante mí. Por supuesto, la felicidad completa no existe, y en esa época me faltaba algo. Mejor dicho, alguien. Lia.

Perdí la noción del tiempo cuando dejó de llover y los nubarrones escamparon lentamente, para dar paso a un cielo nocturno repleto de luminosas estrellas. ¡No había visto tantas estrellas en toda mi vida! Debo reconocer que si no hubiera sido porque todo resultaba ser tan fascinantemente igual que en las novelas de Escorpión, me habría asustado. Habría sabido qué era el miedo de verdad. De nuevo escuché el galope de un caballo dirigiéndose hacia mí. Agucé las orejas para saber de dónde procedía y supe que aún estaba lejos. Tenía tiempo de huir. Busqué un árbol con el tronco lo suficientemente ancho para esconderme, ocultando mi cuerpo por completo, y allí me quedé, sin mover un solo dedo. Silencio. El agradable sonido de las luciérnagas...

—Buenas noches —saludó una voz masculina fuerte e imponente detrás de mí.

Me volví y con sorpresa descubrí a un hombre mucho más alto y robusto que yo junto a su caballo. Solo con sus fuertes manos podría aniquilarme en cuestión de segundos, aplastarme como si fuera una mosca. Sigilosos en la penumbra de la noche, parecían dos figuras etéreas procedentes de un cuento fantástico. El hombre, de facciones rudas, tez morena y unos penetrantes y misteriosos ojos color miel, apartó un mechón castaño de su frente y, para mi sorpresa, sonrió. Era una sonrisa afable, de las que abundan poco en la época de la que yo procedía.

—No voy a hacerle daño, William.

—¿Cómo sabes mi nombre?

—Sé muchas cosas sobre usted —respondió—. Por ejemplo, que ha venido de la luz, de uno de los portales del tiempo que hay en el prado. Imagino que ha podido escapar con éxito de los cuatro ostentosos jinetes que van en busca de todo aquel que atraviesa el portal. Creen que es brujería o algo por el estilo. —Rio, negando con la cabeza—. Mi nombre es Patrick Landman, y me dijeron que vendría. Vengo a ayudarle para que encuentre su lugar en el mundo. Ese es su deseo, ¿verdad, William?

—¿Patrick?

—Y él es *Escorpión*, mi caballo. Bienvenido al año 1808, William.

Abrí mucho los ojos. No podía ser verdad. Patrick y *Escorpión* en persona. Acaricié al caballo y supe que si ese hombre me ayudaba en una época en la que estaba totalmente desubicado, no debía temerle a nada.

LIA

Abril, año 1813

La lluvia había impregnado la tierra mojada y el aroma que desprendía resultaba muy agradable en mi primera noche del siglo XIX. Una ligera brisa nocturna acariciaba mi rostro amablemente. Las ramas de los altos y frondosos árboles se movían a un ritmo pausado y elegante, como si de un momento a otro sus raíces fueran a abandonar la tierra y empezaran a bailar un vals.

Las estrellas brillantes en el firmamento, la luna más grande que había visto en mi vida y el murmullo de las luciérnagas perfeccionaban una noche romántica de un mes que aún desconocía del año 1813. Y además estaba él. No había signos evidentes de que mi atracción por él fuera correspondida, pero, aun así, podía mirarlo, ¿no?

—¿Tengo algo en mi rostro? —preguntó súbitamente.

—¿Eh? No, no... Lo siento. Es que, como comprenderás, me choca bastante conocer a alguien que en mi época ya está bajo tierra. No sé si me entiendes... —expliqué disimulando mientras posaba la vista en lo poco que quedaba de lo que había sido una gran hoguera, ahora apenas unas cuantas llamas pequeñitas y ceniza sobre la tierra. Patrick había cocinado un conejo delicioso; con el hambre que teníamos, nos hubiéramos comido una vaca entera si hubiera hecho falta.

—No es muy agradable pensar en eso.

—Bueno, podemos pensar que yo en 1813 ni siquiera soy un espermatozoide. ¿Te gusta más así?

Patrick rio. Me encantaba su sonrisa. Natural, franca, abierta... No reía mucho, pero cuando lo hacía, era de verdad. Me inspiraba confianza, así fue desde el principio; de lo contrario, jamás me hubiese ido con él cuando para mí aún era un desconocido.

—Y sin embargo —continué—, nos hemos encontrado. ¿Será el destino...? —Suspiré.

—Es hora de ir a dormir —dijo cortante—. Por la posición de la luna calculo que será la una de la madrugada. En tres horas deberíamos partir.

—¿No tienes reloj, Patrick? De esos redondos que se llevan en el bolsillo, de tu época...

—No me gustan. A dormir, Lia —repitió autoritariamente.

—Que descanses, Patrick. Y no te vayas sin mí...

—No lo haría, señorita —respondió con franqueza—. La despertaré a las cuatro. Buenas noches.

Se distanció apenas unos metros de mí y se quitó la camisa blanca, algo sucia y vieja. Todo un aventurero... Gracias al reflejo de la luna pude ver multitud de cicatrices en su musculada espalda. Me impactó. ¿Quién le había hecho eso? Acarició el lomo del caballo, le dio un poco de agua y se tumbó en la hierba utilizando su camisa de cojín. Se acomodó y de repente se quedó quieto, profundamente dormido... Parecía cansado. Observé en silencio sus cicatrices, las marcas en su piel que hablaban de un pasado que seguramente no quería recordar. No lloré, pero no pude evitar ponerme muy triste. Todos, con independencia de la época de la que procedamos, tenemos un pasado. Doloroso a veces. Con marcas visibles en nuestra piel, como en el caso de Patrick, o invisibles en el alma, como las mías.

Debía dormir algo, de lo contrario me entraría sueño encima del caballo y cualquier despiste podía tirarme al suelo, lo que quería evitar a toda costa. La verdad es que todo daba un poco de miedo... Toqué mi barriga. Recordé el momento de la última ecografía y al doctor compadeciéndose de mí; luego a Thomas abandonándome en mi apartamento, y sus crueles palabras. Su mirada furiosa. La bofetada que le di y las inevitables ganas de producirle dolor físico y mental. La ausencia del amor y el respeto que un día nos tuvimos. A Will y toda la ansiedad que me produjo su desaparición. Patrick conocía su paradero y me llevaría hasta él. Eso me tranquilizaba. Ese desconocido me transmitía calma, paz..., como todo el entorno de un North Haven distinto a mi época.

***

Aún con los ojos cerrados, me pareció escuchar un despertador. Oh, Dios mío..., todo había sido un sueño. Había visto demasiadas veces *Leyendas de pasión* y Patrick no había sido más que una fantasía..., una alucinación... ¡Mierda! ¿Alguien puede volver a llevarme al siglo XIX?

No podía abrir los ojos... Me estaba costando un mundo... El despertador dejó de sonar y dio paso al canto de un madrugador pajarito relajado en la rama de un árbol. Supe que no había sido un sueño ni una alucinación... Había sido real. De hecho, era real. Toqué la hierba húmeda sobre la que estaba estirada y escuché su voz..., un canto angelical para mis oídos.

—Señorita Lia... Señorita Lia... —insistía su voz grave e imponente.

—Mmm...

—Debemos ponernos en marcha, son las cinco de la mañana. Llevamos una hora de retraso.

Me levanté de sopetón, abriendo los ojos más que nunca en cualquier otro momento de mi vida. Del todo desubicada, me avergonzó enormemente descubrir que había estado salivando y aparté inmediatamente de mi boca una indeseable babilla. Al menos el dolor de cabeza había desaparecido por completo.

Miré fijamente a Patrick, como si fuera un ángel caído del cielo.

—¿Sabes si por aquí hay algún lugar en el que sirvan café? —pregunté casi sin fuerzas. Patrick ni siquiera se dignó a contestar mi estúpida pregunta.

Aún era de noche, la luna que horas antes me había parecido gigante, ahora se había vuelto algo más pequeña y las estrellas habían perdido su brillo. Con todo el esfuerzo del mundo, me levanté y seguí los pasos de Patrick acercándonos hasta donde estaba Escorpión. Mi acompañante me ayudó a subirme a la grupa del caballo y me senté tras él. Quise calcular cuánto tiempo tardaríamos hasta llegar a Hartford, apenas a cuarenta minutos en coche desde New Haven. Pero ¿y en caballo? ¿Cuánto se tardaba en caballo por caminos de tierra cruzando bosques y prados? Creo que me dormí. No pude evitar echar una cabezadita antes de llegar a nuestro siguiente destino; no obstante, me encantó descubrir que Patrick me había protegido para que no cayera, agarrando con una mano las mías, que rodeaban con mucho gusto su atlética y masculina cintura.

Patrick detuvo a *Escorpión* frente a una pequeña y humilde casa de madera oscura y vieja, en medio de un solitario prado. Al lado de la casa había un huerto repleto de lechugas y tomates, una pequeña caseta también de madera que supuse era el «cuarto de baño» de la época y un amplio granero.

El canto de los pájaros anunciaba el despuntar del alba. El cielo nos regaló un precioso juego de colores mientras el sol, tímidamente y aún en compañía de una traslúcida luna, quería darnos los buenos días.

—¿En qué mes estamos, Patrick? —quise saber, bajando del caballo con su ayuda.

—En abril —respondió sin mirarme.

Eché un vistazo a donde estaba mirando Patrick y vi aparecer por la puerta de la casa a una mujer alta y muy delgada, de piel blanquecina y ojos claros ojerosos. Me llamó la atención su larguísima cabellera ondulada de color pelirrojo, y a medida que fue acercándose a Patrick con una sonrisa, envidié su perfecta y pequeñita nariz repleta de graciosas pequitas y sus labios perfectos. Frente a frente, parecía que quisieran hablar sin palabras. En un repentino arrebato, Patrick se acercó a ella, la abrazó por la cintura y le dio el beso más apasionado que había visto jamás. Se me puso cara de idiota durante al menos los cinco minutos que duró el maldito beso. Se me hizo eterno. Sentí celos, no lo pude evitar. Quise ser esa preciosa y aparentemente frágil mujer de unos treinta y muchos años, a buen seguro, que aún vestía con un camisón largo y recatado de color blanco roto.

—Patrick... —murmuró aún abrazada a él, con una voz aterciopelada y sensual, sin reparar en mi presencia—. Ha pasado mucho tiempo.

—Cinco años... —respondió él.

—Cinco años... —repitió ella serenamente, y de repente me miró y, para mi sorpresa, me preguntó—: ¿De qué año vienes?

—¿Yo?

—No, el árbol que tienes detrás de ti —bromeó.

—De 2012 —respondí muy seria.

—Ajá... Yo llegué hace diez años, procedente del año 2065. —Su respuesta me impactó. No pude evitar calcular mentalmente la edad que tendría yo en 2065... Ochenta y tres años... Se me cayó el alma a los pies—. Me llamo Glenda Martins.

—Yo soy Lia Norton.

—¿Lia? ¿De verdad? —dijo entusiasmada, mirando a Patrick con los ojos muy abiertos. Él la cogió suavemente del hombro, le hizo un gesto extraño que no supe cómo interpretar y se dirigieron hacia el interior de la cabaña.

Fui tras ellos y, antes de que me cerraran la puerta en las narices, entré en la oscura estancia. Era una sala cuadrada que hacía las veces de cocina, salón, comedor y, tras una cortina, una pequeña cama con muchas mantas encima.

—Glenda, ¿por qué te quedaste aquí? ¿No hay mejores casas en el año 2065? —pregunté con total sinceridad mirando a mi alrededor. La casa solo tenía un par de ventanas, y si algo debía reconocer era que Glenda parecía una mujer ordenada y limpia. Incluso la desgastada madera del suelo que crujía con cada movimiento parecía limpia como una patena.

—¿Café? —preguntó amablemente obviando mi pregunta.

—Por favor... —supliqué.

—Vivía en una mansión de North Haven —empezó a decir, sirviendo café en un par de tazas antiguas de porcelana—. Pero en el año 2065 el planeta está contaminado y apenas sin recursos..., así que mi fortuito encuentro con el portal en mi propia casa hizo que llegara hasta aquí y decidiera quedarme. Aunque mi vida sea más humilde... al menos respiro aire puro y no tengo necesidad de salir a la calle con mascarillas, como hace todo el mundo en esa época. Nos hemos cargado el planeta, Lia... Y además hay otro motivo, por supuesto... —respondió, mirando de reojo a Patrick.

Claro que había otro motivo: el amor. Patrick era el motivo. ¿Quién no iba a enamorarse de un hombre así? ¿Quién no lo iba a dejar todo por él?

—Bebe el café deprisa, Lia. Tenemos que irnos pronto —me dijo, mirando a Glenda con tristeza.

—¿Por qué? —pregunté.

—Mi marido llegará de un momento a otro —me aclaró Glenda. ¿Marido? ¿El otro motivo por el que se había quedado en el siglo XIX era su marido y no Patrick? ¿Y el beso que se habían dado?

—Y sabe Dios lo que podría hacerme si me descubre aquí... —Patrick suspiró riendo—. Glenda, ¿tienes ropa adecuada para Lia?

—Por supuesto.

Glenda desapareció tras la cortina de su diminuto dormitorio y segundos más tarde, sin darme tiempo a acribillar a Patrick con preguntas sobre esa mujer procedente de un futuro muy lejano, apareció con una larga falda marrón de tejido rugoso, una camisa blanca de manga larga y diminutos botones, con unas enormes hombreras, y unos botines negros.

—Sé que no es mucho... y faltaría la ropa interior de la época, pero te voy a librar del suplicio de llevar enaguas, medias y todo el lío —bromeó Glenda.

—Lia, cámbiese rápido, por favor —volvió a decir Patrick, autoritario.

¿Rápido? ¿Rápido? Es imposible vestirse rápido cuando tienes mil ciento dos botones por abrochar, los botines te van justos y tienen unos doscientos cincuenta y tres mil botones más. Concentrarse también fue misión imposible... escuchando los besos que se estaban dando desde el otro lado de la cortina.

«¡Glenda, por el amor de Dios! ¡Estás casada! Deja un poco para las demás...», me mordí la lengua para no decirlo en voz alta.

De repente, desde la pequeña ventana vi llegar a un hombre de unos cincuenta años montado en un caballo negro. Su aspecto era casi tan salvaje como el de Patrick, de cabello canoso y una poblada barba, y también distinguí unas facciones toscas y, en ese momento, rígidas por la tensión. Dejó su caballo junto a *Escorpión* y se dirigió corriendo a la casa, con un saco cargado en sus anchas espaldas.

—¡Te voy a matar, Patrick! ¡Te voy a matar! —gritó enfurecido.

—¡Lia! ¡Vámonos! —me avisó Patrick viniendo hasta donde me encontraba, batallando con el botín que me faltaba por poner.

Pero era demasiado tarde. El marido enfurecido de Glenda nos cortó el paso, causando un estruendo al tirar el saco al suelo de madera, y antes de que Patrick, aún aferrado a mi mano, pudiera darse cuenta, recibió un fuerte puñetazo en la cara.

—Thomas, por favor... —suplicó Glenda, acercándose a su marido y sujetándolo por los hombros para intentar tranquilizarlo.

¿Thomas? Quise reírme por la tremenda casualidad y me pregunté si realmente todos los Thomas eran unos malhumorados. Por el momento ya conocía a dos, procedentes de épocas distintas, que sí lo eran…

—Ya nos íbamos, Thomas —se disculpó Patrick, tocándose la ceja ensangrentada por el puñetazo; el ojo se le empezaba a inflamar.

—Más te vale que no vuelvas a acercarte a mi mujer o te mataré —amenazó Thomas dándole un empujón. Era un bestia.

Patrick se despidió de Glenda disimuladamente, sin que Thomas alcanzara a ver cómo le guiñaba el ojo bueno con picardía. Salimos de la casa rápidamente y, sin decir una sola palabra, emprendimos de nuevo el viaje que me llevaría hasta Will.

WILLIAM

Abril, año 1808

Patrick era un hombre reservado. De pocas palabras. Tenía mil preguntas que hacerle, pero decidí guardarlas en mi cabeza para más adelante. Pensaba en Lia y en lo mucho que le hubiera gustado estar frente a ese hombre... Salvaje y atractivo, se hubiera vuelto loca al segundo de conocerlo, olvidándose del abogado del que «casi casi» estaba enamorada. No podía evitar reírme imaginando la situación... Ella, al contrario que yo, le hubiera formulado todas y cada una de las preguntas al instante de pensarlas. Siempre lo hacía... Le gustaba preguntar, saber, conocer e indagar en el pensamiento humano. Por otro lado, debía ocultar mi entusiasmo al pensar que estaba frente al mismísimo Escorpión. Debía ser él, el creador de todas aquellas fascinantes historias sobre el viajero del tiempo. Entonces pensé... ¿Es posible que escribiera sobre mí? ¿Que ese tal Patrick de la historia fuera en realidad yo? La simple idea me emocionó.

—Esta noche dormiremos aquí —me dijo Patrick antes de meter la cabeza en un riachuelo.

—Me parece bien.

Instantes después desapareció, para al poco volver triunfal con un conejo que había cazado entre sus manos. Encendió una hoguera y lo cocinó con suma sencillez. Estaba riquísimo.

—Tardaremos tres días en llegar a Hartford, William —dijo, arrancando un trozo de carne y llevándoselo a la boca.

—¿A Hartford?

—Es un buen lugar para iniciar una nueva vida, William. Yo nací allí. Así sabré que estará a salvo.

—Gracias, entonces —dije yo.

—¿Ha decidido quedarse aquí? En esta época, me refiero...

—Me encogí de hombros. No supe qué decir—. El portal se abre cada cinco años durante veinte días y en horas especiales como el atardecer o el amanecer —me informó—. Aún tiene unos días para pensarlo. Puede regresar a su época, si lo prefiere.

—Mi época... —Sonreí.

—¿No le gusta?

—No demasiado... Solo volvería a mi época por una persona, Lia. Mi hermana es lo único que me gusta de mi época.

—¿Qué tiene de especial su hermana? —preguntó con curiosidad.

—Te encantaría. —Reí—. Siempre hace preguntas, tiene un sentido del humor extravagante y genial. De jovencita quiso ser abogada por un personaje de una serie de televisión cuando, en realidad, no le pega nada esa profesión. —Patrick frunció el ceño y entendí que no sabría lo que era un televisor, ni una serie... Le estaba hablando en otro idioma—. Lia es... —medité un segundo—, es simplemente Lia, y siento no haberle podido transmitir la felicidad que ella merece, pero no me siento capaz. Soy como soy y no lo puedo evitar. No he encontrado mi lugar en el mundo, y, curiosamente, desde que llegué aquí me siento diferente.

—Entiendo... Es hora de dormir, William. Habrá que encontrar un nuevo vestuario para usted —dijo mirando mis vaqueros negros y mi camiseta de algodón blanca de manga corta.

—¿Puedo hacerte una pregunta, Patrick?

—Adelante.

—¿Escribes? Novelas, me refiero.

—No.

—Lo harás. Y lo harás muy bien —le dije con una mirada de total admiración que él no entendió, preguntándome por qué solo escribiría durante cinco años. Tal vez era yo quien lo empujaría a hacerlo, lo cual era todo un honor para mí. Lo único que se sabía de él era que había publicado entre 1808 y 1813, así que no tardaría en iniciar su andadura literaria.

A pesar de estar muy cansado, me costó conciliar el sueño. Echaba de menos un buen colchón y un cojín en el que apoyar la cabeza. Patrick, sin embargo, parecía estar acostumbrado a dormir en el frío y duro suelo en mitad del bosque. A la intemperie. En cierto modo, lo envidié... Un hombre aventurero, un hombre de mundo; quizá sin recursos económicos, pero con mil historias intrépidas e interesantes en su vida. Se había quitado la camisa y reparé en las muchas cicatrices que lucía su espalda. No pude hacer otra cosa que sentirlo por él. Tal vez la vida no le había tratado bien, y empecé a preguntarme si esa época no sería muy dura para mí.

***

Cuando Patrick me despertó, tuve la sensación de no haber dormido nada. Estaba amaneciendo, así que había llegado el momento de seguir viaje a caballo, el camino hacia un destino en el que un hombre procedente del futuro podría empezar de cero. ¡Era tan emocionante! ¡Tan similar a lo que había leído en sus novelas! Aún tenía que descubrir el motivo por el que Patrick me estaba ayudando. ¿Lo hacía con todos? Y si se dedicaba a ayudar a los que venían de otras épocas, ¿cuándo había tenido tiempo para escribir?

Cruzamos el bosque, atravesamos infinitos prados, subimos por laderas hasta llegar a un sendero más angosto, donde había dos grandes troncos atravesados sobre el torrente que discurría unos cinco metros más abajo, rugiendo. Patrick era un experto jinete acostumbrado a caminos difíciles y atravesó el río sobre esos dos troncos apenas sin contratiempos. Todo parecía sencillo para él.

Nos detuvimos delante de una humilde casa de la que salió una mujer de largo cabello pelirrojo, y apasionada, pues recibió a Patrick con un efusivo beso en los labios. Nunca había visto de cerca un amor tan puro y fascinante. Los envidié un poco. Patrick le dijo algo y ella sonrió y me miró divertida.

—Soy Glenda Martins —se presentó, dándome la mano. Me quedé hipnotizado al mirar fijamente sus grandes ojos verdes. Pensé que Patrick era un hombre con suerte al haber encontrado a una mujer tan extraordinariamente bella—. ¿De qué año vienes? —Su pregunta me extrañó.

—Del año 2007 —respondí inseguro.

—Buena época, por lo que me dijeron... Yo procedo del año 2065.

—¿2065? Yo entonces sería un anciano —musité—. Hay más... ¿Hay más portales? —pregunté con curiosidad y cierta decepción al saber que no era el único viajero del tiempo.

—Sí.

Me contó que en el interior de algunas mansiones de North Haven, al igual que en la mía, se ocultaban portales temporales que unos pocos afortunados o desafortunados, según se mire, habían descubierto con el paso de los años.

—Yo decidí quedarme —explicó, mirando de reojo a Patrick—, por amor. Dime, ¿te quedarás tú? ¿Has encontrado algún motivo? —quiso saber, expectante.

—Todavía no, pero... es posible —le dije sonriendo. Pensé en Lia y en el mundo que había dejado atrás, donde nunca me había sentido a gusto.

—Le voy a acompañar hasta Hartford —informó Patrick.

—Un buen lugar para vivir. Te voy a dar algo de ropa de mi marido, William —dijo Glenda, y se dirigió a la casa—. Pasad, pero rápido... Thomas estará a punto de llegar.

No quise preguntar quién era Thomas, pero su advertencia me sorprendió. Cogí la ropa que me dio y me vestí detrás de una cortina que daba intimidad a una pequeña estancia con una cama. Patrick insistió en que me diera prisa, mientras colmaba de besos y caricias a Glenda. Cuando me estaba poniendo la camisa, vi aparecer a un hombre enorme de cabello cano galopando sobre su caballo negro en dirección a la casa. Se detuvo junto a *Escorpión* y entró furioso, pillando por sorpresa a los dos amantes.

—¡Patrick! ¡Fuera de aquí o te mato! —gritó enfurecido, al mismo tiempo que me asomaba por la cortina con un atuendo más adecuado para la época.

—¡Tranquilo! Ya me iba, Thomas, ya me iba... ¡Vamos, William! —ordenó Patrick, mirándome de reojo con cara de circunstancias y saboreando aún los besos de la mujer pelirroja.

—¡Glenda! —gritó el hombre, empujando a su esposa.

Ese gesto enfureció a Patrick, que se interpuso entre la pareja y le propinó un fuerte golpe en la cabeza al tal Thomas. Supuse que era el marido de Glenda, y Patrick, el amante. Un triángulo amoroso en el que no querría verme involucrado, considerando el tamaño de esos dos hombres. Si Patrick ya de por sí me parecía un gigante, Thomas era diez veces más grande y fuerte, aunque pareciera tener veinte años más.

—Como la vuelva a tocar de esa forma, le juro por lo más sagrado que seré yo quien lo mate a usted —le amenazó Patrick—. Fue usted quien se la llevó, haga el favor de cuidarla —finalizó diciendo entre dientes—. Vamos, William —dijo cabizbajo.

Dejé mis vaqueros y mi camiseta del siglo XXI encima de la cama de Glenda, quien, apoyada en la mesa de madera, se quedó llorando ante la atenta mirada de Thomas. Efectivamente, el recién llegado era su marido. Patrick parecía afectado después de vivir esa tensa situación. Debió de dolerle que esa mujer escogiera a otro hombre, y aunque mis gustos nunca han incluido al género masculino, no podía entender que Glenda se hubiera decantado por el hombre de cabello blanco y no por el más joven. Me pareció ver que al duro de Patrick se le escapaba una lágrima mientras subía a lomos de *Escorpión*. En ese momento dejó de parecerme un héroe típico de las películas de acción y pasó a ser un ser humano real, con corazón... Eso me fascinó.

En silencio, volvimos a emprender el camino hacia Hartford. Calculé que en mi época habríamos tardado apenas cuarenta minutos en llegar hasta allí, pero en 1808, sin coche, ni autopistas, ni autovías, ni modernas carreteras, aún tardaríamos dos días en llegar a nuestro destino.

Capítulo 5

Lia

Abril, año 1813

Apenas nos detuvimos para descansar, estirar las piernas y curar la herida en la ceja de Patrick causada por el bestia de Thomas, aunque *Escorpión* se tomó el viaje con más calma. Cuando el cielo me informó de que el atardecer había llegado, le pedí a Patrick que nos detuviéramos en un descampado rocoso a contemplar el fascinante juego de colores del cielo. No echaba de menos ni el asfalto ni los rascacielos de Nueva York. Desde esa época, todo parecía más hermoso. No habíamos vuelto a hablar y supuse que a Patrick no le apetecía demasiado entablar conversación conmigo. Debía de pensar que era una charlatana extravagante y rara del siglo XXI, siempre con preguntas indiscretas que me estaba costando un mundo guardar para mí. La aparición en escena de la desleal Glenda me había desanimado un poco en mi intento de conquista.

—¿A qué se debe esta fascinación suya por el atardecer, Lia? —me preguntó, sentándose en una roca junto a mí.

—¿No lo ves? Mira al cielo, Patrick. El rosa, el naranja, el azul... Los colores se mezclan entre sí, el sol se esconde y la luna desea hacer acto de presencia... Es el momento más asombroso del día. —«Y contemplarlo junto a un hombre como tú, todo un sueño...», pensé.

—Yo siempre he sido más de tormentas de verano —dijo riendo.

—¿Tormentas de verano? Igual que mi hermano —dije bajito, escrutándolo. Él me miró de reojo, con disimulo—. Patrick, ¿qué me estás ocultando?

—Todo a su debido tiempo, señorita. Todo a su debido tiempo... —respondió misteriosamente, sin apartar la vista del cielo.

—Esa tal Glenda... es importante para ti, ¿verdad? —quise saber, cambiando de tema—. ¿No decías que eras un espíritu libre? —Con mi pregunta logré llamar de nuevo su atención.

—¿Acaso los espíritus libres no se enamoran?

—¡Estás enamorado de Glenda! —exclamé, maldiciendo no tener una larga melena pelirroja como la de ella. También maldije el momento, allá por el siglo XXI, en el que decidí cortarme el pelo y oscurecer mi rubio natural para que me tomaran en serio como abogada.

—Quisiera no estarlo —dijo tristemente, abriéndome su corazón.

Me pareció sorprendente. Fascinante. Su aspecto no tenía nada que ver con lo que habitaba en su interior... Un ser sensible, sincero y maravilloso. Las apariencias engañan... Siempre me lo habían dicho y nunca lo había creído hasta ese momento. ¡Maldita prepotencia la mía! Siempre juzgando por lo que veía a simple vista... La verdad siempre resulta ser otra muy distinta cuando, por casualidades de la vida, nos da por indagar más allá de un simple caparazón.

—Bueno, siempre puedes enamorarte de otra mujer... —insinué—. En mi época suele decirse en estos casos que un clavo saca otro clavo —dije, guiñándole el ojo.

—No logro entender bien lo que quiere decir…, pero de partida me suena un tanto vulgar.

—Vulgar pero cierto, créeme. Será por mujeres... Seguro que no te faltan, Patrick.

Me miró fijamente. Pude ver su alma a través de sus ojos, y de nuevo comprendí que quería decirme algo con esa mirada..., pero seguía sin saber el qué.

—Si no te lo pregunto voy a explotar, Patrick...

—No quisiera que explotara, señorita. —Su comentario me hizo reír.

—Lo siento..., quisiera no ser tan curiosa. —Miré al cielo, apreté los labios y respiré hondo. El color rosa y el naranja se habían fusionado y el sol se vislumbraba débil tras una montaña—. Las cicatrices en tu espalda...

—Todos tenemos un pasado, Lia —me interrumpió. Dudó durante un instante, pero finalmente asintió y decidió contarme un pedacito de su historia. Un pedacito de lo que era él—. Mi padre me pegaba a diario, de ahí las cicatrices. Mató a mi madre y... —Negó con la cabeza tristemente—. Yo intenté defenderla, pero ¿qué podía hacer? Tenía solo doce años. Mi hermana, diez. Y... —Se calló de repente, como si pudiera desvelar algo que no debía si continuaba hablando.

Una lágrima cayó por su mejilla morena curtida por el sol. Me acerqué a él y posé mi mano sobre su hombro olvidando mi curiosidad por todo lo que sabía que me ocultaba. Pareció no molestarle, porque no se apartó ni me dijo nada desagradable como la vez en la que acomodé mi cabeza sobre su espalda cuando íbamos a galope sobre *Escorpión*.

Y así nos quedamos durante un rato. Viendo cómo el sol lentamente desaparecía tras la montaña y la luna, siempre majestuosa, hacía acto de presencia.

—¿Nos vamos? —dijo—. Estamos a solo unos minutos de New Haven y hoy podremos dormir en una cama como Dios manda.

Asentí y le obsequié con la mejor de mis sonrisas. Incluso le guiñé un ojo, pero entonces Patrick arqueó las cejas, rio y subió al caballo.

—Perdone, Lia. La costumbre. Ahora la ayudo.

—No, no. Puedo sola. Eso sí, debo practicar, porque tengo unas agujetas en la entrepierna que me están matando... En mi época —dije, intentando no hacer el ridículo mientras me esforzaba por subir con elegancia a la grupa de *Escorpión*, aunque la larga y acampanada falda del siglo XIX me lo pusiera muy complicado—, los coches son un recurso magnífico para no tardar dos o tres días en hacer un recorrido de apenas unos minutos.

—Pero ¿no es acaso más emocionante esta aventura, señorita Lia? —preguntó mi adorado jinete.

—Ay, querido Patrick... Solo por tu compañía ya merece la pena tener agujetas.

De nuevo le hice reír. Hacía años que no lo conseguía con Thomas, puesto que desde que mi hermano desapareció había perdido mi gracia natural. Los abortos espontáneos también tuvieron mucho que ver, es lo peor que le puede pasar a una mujer que desea con todas sus fuerzas ser madre. Pero, por lo visto, mi gracia natural seguía ahí, intacta con el tiempo y sus pesares... Gracias a Patrick y a mis reales esperanzas de volver a ver a Will. A lo mejor, el hecho de ser una viajera del tiempo me había trastocado un poco y ese portal que decidí cruzar, a pesar del temor que sentí hacia él al principio, me devolvió a la auténtica Lia, a la que jamás debí dejar de lado.

Finalmente, conseguí subir yo solita al caballo.

—Muy bien, señorita. La próxima vez le será más fácil. Me agrada el empeño que le pone a las cosas —dijo Patrick, sonriéndome con amabilidad.

Asentí orgullosa de mí misma, me agarré a su cintura evitando en todo momento recostar mi cabeza contra su fuerte e irresistible espalda, y reemprendimos la marcha. Minutos más tarde, nos encontrábamos en un New Haven muy distinto a mi época.

***

Era de noche. Las calles solitarias estaban iluminadas tenuemente por sus farolillos, que desprendían un tono anaranjado. *Escorpión* paseaba lentamente por sus calles empedradas, evitando los raíles por los que de día pasaba el tranvía en la ciudad. Los gritos de cuatro borrachos nos obligaron a echar un vistazo a una taberna en la que me hubiera gustado entrar para beber una cervecita y picar algo. Pero Patrick, como adivinando mis pensamientos, se volvió hacia mí y negó con la cabeza, diciéndome que no era una buena idea que una señorita como yo entrase en un lugar como ese. Era ese tipo de cosas por las que pensé que quedarme en el siglo XIX no sería una buena idea. Me alegró conocer al menos un lugar en esa época que seguía existiendo en la mía, cuando pasamos por los alrededores del edificio del Yale College. Pero el resto de la ciudad, incluso la mayoría de los edificios de ladrillo marrón y grisáceo de apenas dos o tres plantas, ya no existían en el siglo XXI. Nos adentramos en un camino de tierra rodeado de humildes casas de planta baja, que en un tiempo futuro se convertirían en una exquisita urbanización. Parecía estar dentro de una novela de terror de las que escribía mi madre ausente, aunque en realidad no lo supiera con certeza, porque nunca leí ninguna de sus historias. En esa calle apenas había luz y los árboles, que en el siglo XXI eran frondosos y robustos, en 1813 resultaban ser tétricos, con sus ramas desnudas y sus troncos enclenques. Patrick detuvo a *Escorpión* en el jardín delantero de una casa de tejas blancas y ventanas verdes. Antes de que pudiera pensar que mi compañero de viaje no era un salvaje aventurero siempre a la intemperie y que poseía esa casa, vi una débil lucecita procedente de alguna lámpara pequeña tras la cortina casi transparente de una de las ventanas.

—¡Patrick! —exclamó una mujer desde el umbral de la puerta, con el cabello casi tan largo como el de Glenda, pero lacio y castaño.

Por lo que pude distinguir en la oscuridad, sus ojos eran similares a los de Patrick, rasgados y de un tono color miel. Deseé que fuera su hermana. Pero me equivoqué, y se me volvió a quedar cara de idiota, aún subida encima de *Escorpión*, cuando vi que Patrick la agarraba con fuerza de la cintura y besaba sus labios con pasión. ¿Quién era Patrick? ¿Casanova?

Me caí del caballo, pero ni Patrick ni su amante se dieron cuenta. *Escorpión* me miró y el cansancio me hizo sufrir alucinaciones al ver cómo me enseñaba su gigantesca dentadura. Como si se riera de mí y de mi torpeza.

—Lia, quiero presentarle a Amelia —dijo Patrick, sin extrañarle lo más mínimo que estuviera sacudiéndome el polvo de mi fatigosa falda—. Nos dará algo de cenar y cobijo.

—Ya, ya... Mira qué bien —respondí, mirándola de reojo.

La tal Amelia era excepcionalmente bella, incluso más que Glenda. Envidié su tez morena, seguramente fruto del trabajo en el campo. Me sonrió con amabilidad y nos hizo entrar en su austera casa. Nos sentamos a la mesa y Amelia nos sirvió una sopa demasiado caliente y sosa para mi gusto. Vi en todo momento cómo

Patrick admiraba las curvas que se le insinuaban debajo de su camisón color azul celeste. De nuevo, los celos se apoderaron irremediablemente de mí.

La casa tenía pocos muebles, pero Amelia parecía tan limpia como Glenda. En ese suelo de madera vieja también se podía comer.

—Si me disculpan, voy a preparar la habitación de Lia —dijo Amelia, y desapareció por un estrecho pasillo que conducía a un par de puertas de madera oscura, no sin antes guiñarle un ojo a Patrick pícaramente.

Él engullía la sopa mientras yo jugaba con ella y lo miraba fijamente con curiosidad.

—¿La habitación de Lia? —pregunté—. Eso quiere decir que tú dormirás con ella.

Se encogió de hombros. Me puse furiosa, pero no quise demostrarle que estaba celosa... «Cabeza bien alta, jovencita...», me dije a mí misma.

—¿Y Glenda? Ese amor que sentías por ella hace solo unas horas... —murmuré.

—Ese amor es verdadero. Pero un hombre tiene necesidades, Lia… —respondió con naturalidad.

—Patrick, me has decepcionado. Me has demostrado que en este y en todos los siglos los capullos han existido desde siempre —me lamenté—. De verdad, no pensaba que fueses así, yo...

—Usted, ¿qué? —me preguntó, dejando a un lado la sopa. Bien... Al fin era yo quien tenía la sartén por el mango.

—Nada, yo nada... —respondí, haciéndome la interesante.

—¿Usted se enamoraría de mí?

Me puse roja como un tomate y me lo tenía bien merecido por pasarme de lista. Afortunadamente, Amelia llegó, Patrick sonrió y yo intenté hacer como si nada. Media hora más tarde, me encontraba en un minúsculo cubículo sobre una aún más minúscula cama, de la que me sobresalían los pies. El colchón era demasiado blando para mi gusto y el cojín duro en exceso. ¿Había alguien en el siglo XIX que pudiera dormir en esas condiciones? El reflejo de la luna entraba por la ventana alumbrándome la cara. Bonita estampa. La miré fijamente y sonreí, pero mi sonrisa desapareció al instante al oír ruiditos al otro lado de la pared. Muelles, jadeos, risas, besos... Patrick y Amelia estaban haciendo el amor. Me tapé los oídos durante el interminable rato que estuvieron entregados en cuerpo y alma al acto sexual, tal y como hubiera dicho Will. Siempre me reía de él, no era capaz de decir palabras malsonantes como «follar». Y entonces entendí que era bastante probable que Will se sintiera más cómodo en esa época en la que yo ahora también me encontraba; contemplando la misma luna que él, el mismo cielo estrellado, a solo unos kilómetros de distancia.

WILLIAM

Abril, año 1808

Antes de llegar a New Haven, nos detuvimos en un descampado rocoso al atardecer. Pensé en Lia y en lo mucho que disfrutaba de ese momento especial del día. Esperé que al menos un atardecer la hiciera sonreír de nuevo; que fuera feliz aunque yo no estuviera. ¡Cuánto le dolería mi ausencia! Solo podía pensar en eso, y entonces quería volver a mi época, a su lado, aunque tuviera su propia vida e incluso su pareja, con la que seguramente con los años formaría una familia y yo me convertiría en el «tío Will».

«¿Quiero perderme esa etapa en la vida de mi hermana? ¿En mi vida?». Las dudas me asaltaban por primera vez desde que pisé el suelo del año 1808.

Patrick le dio de beber a *Escorpión* y se sentó a mi lado. Alzó la vista al cielo y respiró hondo. Me miró y sonrió, como queriéndome explicar toda su vida; en esos momentos, ya algo más recuperado, sí que parecía sentirse preparado para mostrarme algo más de él. Patrick parecía un buen tipo y yo no andaba equivocado cuando, al leer las novelas de Escorpión, pensaba que me llevaría bien con él.

—Señor William, espero que no le haya incomodado lo que ha visto hace unas horas. Glenda eligió a Thomas en vez de a mí. La conocí hace cinco años, cuando llegó al prado procedente de una época muy lejana. Me enamoré de ella nada más verla; pero luego conoció a Thomas, un gran amigo mío en el pasado, casi como un padre para mí, y lo eligió a él. Fin de la historia —explicó amargamente.

—Cuánto lo siento, Patrick. Debió de ser duro para ti.

Él asintió, y yo pensé en Glenda; tal vez ella era la protagonista femenina de sus novelas. Tal vez... Esa idea se me fue de la cabeza al entrar en New Haven; un New Haven diferente al de mi época, más sombrío y abandonado.

Al llegar al final del camino, nos detuvimos frente a una casa, y cuando Patrick vio aparecer por la puerta a una mujer a la que en un principio apenas pude ver bien por la oscuridad del lugar, la agarró y la besó. Eran dos sombras fundidas en la noche. Me quedé perplejo. Glenda, por lo visto, no era su único amor. Estaba delante de todo un donjuán, sin lugar a dudas. No querría a alguien así para mi hermana, a pesar de lo mucho que había pensado que sería genial que estuviera con alguien como Patrick. La mujer se llamaba Amelia y era encantadora. Nos sirvió un plato de sopa caliente y me ofreció un pequeño dormitorio. Instantes después, tuve que taparme los oídos al escucharlos a los dos en pleno acto sexual. Gritos, gemidos, risas, besos... y un colchón al que le faltaban varios muelles porque no dejaba de gruñir escandalosamente.

***

A la mañana siguiente, Patrick se despidió de Amelia prometiéndole que iría a visitarla pronto. Ella, entre lágrimas, nos miró durante un buen rato mientras nos alejábamos de su casa, diciéndonos adiós con la mano.

Al abandonar New Haven, Patrick me contó la pena inmensa que sentía Amelia por su marido, fallecido hacía ocho años en la guerra franco-estadounidense, y que él era su única alegría de vivir.

Al caer la noche, nos detuvimos a descansar en mitad de un bosque. Aprovechamos el riachuelo para asearnos a pesar del frío, y de nuevo Patrick desapareció, trayendo consigo a la vuelta un desafortunado conejo que había cazado con sus manos. Triunfal, me lo mostró y encendió una hoguera.

—No sé si podré sobrevivir a esta época, Patrick —reconocí—. Al menos no como tú.

—Podrá, amigo, podrá. Usted no es como yo, William. Usted es refinado y culto, destinado a hacer grandes cosas en este mundo. Por eso le llevo hasta Hartford, para que tenga una vida tranquila en un mundo mejor del que dejó. Yo soy un salvaje que vive a la intemperie y que goza con el peligro constante. Disfruto no sabiendo qué sucederá a continuación... Vivo el momento y lo vivo como quiero. Lo único que necesito es aire en mis pulmones, tan solo eso.

—Lo que dices me hace pensar en mi hermana. Ella también es así, aunque no me la imagino cazando conejos en mitad de un bosque por la noche —le expliqué riendo—. Patrick, ¿por qué me ayudas?

Me miró misteriosamente durante un instante y reflexionó bien su respuesta, contemplando las hipnotizadoras llamas de la hoguera.

—Por lealtad al otro lado, supongo —respondió.

—¿Eres un vigilante del portal del tiempo o algo por el estilo?

—Si quiere llamarlo así, William... El vigilante del portal del tiempo. Suena bien, ¿verdad? —sugirió, mirándome de reojo con ese misterio que no desaparecía de la expresión de su rostro.

Me quedé blanco como la pared. Mudo. El vigilante del portal del tiempo era uno de los títulos del gran Escorpión. La primera novela del autor que leí, la que encontré por casualidad en la biblioteca, oculta entre un grueso diccionario que nadie había mirado desde hacía años.

—¿Se encuentra bien, William?

—Sí... Tengo la boca un poco seca —respondí, tocándome la garganta.

Me acerqué al riachuelo y bebí un poco de agua, ofreciéndole también a *Escorpión*, que debía de estar agotado después de un día en el que Patrick apenas lo había dejado descansar. Tal vez fuera el cansancio y el rugido de mi estómago lo que me hizo sufrir alucinaciones al ver al caballo mostrar sus enormes dientes como si me sonriese, como si hubiese adivinado mis pensamientos.

—Con cada comida te superas, Patrick —dije, disfrutando del manjar que había preparado con el conejo que había cazado.

—Gracias. Fue Thomas quien me enseñó a sobrevivir.

—Tuvo que dolerte. No solo no ser el elegido de Glenda, estando enamorado de ella, sino también perder la amistad de Thomas.

—Cosas de la vida —respondió, restándole importancia, y de repente zanjó el asunto cambiando de tema—: William, dígame en una sola palabra qué es para usted su época, el siglo XXI.

96

—Desilusión —respondí automáticamente.

—¿Y 1808, William?

—Aventura.

Patrick asintió mirando al cielo, y entonces lo comprendí. Patrick no se convertiría en el escritor que yo admiraba. Patrick se convertiría en el protagonista de sus historias y el seudónimo elegido por el escritor sería el de su fiel caballo *Escorpión*. Ese escritor del siglo XIX al que yo admiraré en el futuro sería yo mismo.

Capítulo 6

Lia

Abril, año 1813

A la mañana siguiente, Amelia me despertó maternalmente. La casa desprendía un aroma a café y a tostadas recién hechas que me encandiló. Por un momento pensé que había vuelto a mi época y que podría disfrutar de todas las comodidades a las que estaba acostumbrada; que todo había sido un sueño. Pero no. Los pies fríos y descalzos asomando por encima de los barrotes de metal de la minúscula cama me devolvieron a la realidad.

—Buenos días, Lia. Siento despertarla, pero Patrick ha insistido en que deben partir hacia Hartford —dijo dulcemente.

—Menuda nochecita me habéis dado —refunfuñé.

Escandalizada, la pobre Amelia se sonrojó, se tocó las mejillas con ambas manos y salió apresuradamente por la puerta. Me vestí con mi polvorienta falda del siglo XIX y tardé una eternidad en abrocharme la camisa. Tenía un humor de perros, pero ver a Patrick bien aseado por primera vez, con su cabello recogido hacia atrás en una coleta baja, bebiendo café en la cocina, mejoró mi ánimo de inmediato. Estaba tan guapo... Ni siquiera Thomas había conseguido eso en nuestros mejores años.

—¿Alguien se ha despertado de mal humor hoy? —preguntó Patrick riendo.

—¿Café? —ofreció Amelia amablemente, mirando de reojo a Patrick.

—Gracias.

Ese café revitalizante, fuerte y aromático me dio fuerzas y logró despertarme. Llevaba dos horribles noches en el siglo XIX, pero quedaba poco..., muy poco para ver a Will. Para darle un abrazo y, seguidamente, una bofetada por abandonarme así, de esa manera tan..., tan..., ¿surrealista? Viajes en el tiempo. ¡Qué locura!

—¿Cuándo llegaremos a Hartford? —le pregunté a Patrick, que de nuevo estaba ensimismado en las curvas de Amelia, entretenida y ajena a sus miradas lascivas, fregando los platos—. ¡Patrick!

—¿Qué? Eh... Mañana a primera hora llegaremos a Hartford —respondió seriamente.

—Seguro que sabes dónde está mi hermano, ¿verdad? —quise asegurarme.

—No debe temerle a nada, Lia —intervino Amelia—. No hay un ser más bueno y leal en este mundo que Patrick. Se lo digo de verdad. Desde que mi marido murió en la maldita guerra franco-estadounidense, él siempre ha cuidado de mí.

—¿Sabe algo esta mujer de los viajes en el tiempo? —le pregunté al oído a Patrick, quien negó con la cabeza—. ¿Y de Glenda?

—Será mejor que nos vayamos —dijo al tiempo que se levantaba precipitadamente de la silla y me arrastraba con él.

—¿Nos veremos pronto? —preguntó Amelia, coqueta.

Los años pasan, los tiempos cambian, pero las mujeres siempre hemos sido un poco idiotas en esto de enamorarnos de hombres tan irresistibles como Patrick. Tropezamos una, dos, tres..., hasta diez veces con la misma piedra y no aprendemos. ¡No aprendemos! En mi época, la culpa la tiene Hollywood y sus películas románticas. Pero en 1813, ¿qué excusa tienen? ¿A quién o a qué pueden culpar?

—¡Amelia, por el amor de Dios! ¡Hazte de rogar un poquito! —dije casi sin querer, ante la sorpresa de los dos amantes.

Dejé que se despidieran con un romántico beso y, de nuevo, subí por mi propio pie a lomos de *Escorpión*. Me salió bien, elegante incluso, como si hubiera montado a caballo durante toda mi vida, cuando en realidad, hasta hace dos días, era Patrick quien tenía que ayudarme a hacerlo.

—Espero —empecé a decir, mientras *Escorpión* galopaba a toda velocidad alejándose de New Haven— que esta sea la última parada sexual que hagamos, señorito Patrick.

—¿Parada sexual? —preguntó sin querer entenderme.

—Sí, sí, no te hagas el tonto.

No obstante, ojalá hubiera otro alto en el camino de los suyos en cualquier hogar confortable y seguro, con aroma a sopa caliente, café o tostadas recién hechas... Ojalá. La ruta hasta llegar a Hartford estaba repleta de colinas, llanuras rocosas y ríos bravos que debíamos atravesar. También de bosques, muchos bosques, todos ellos de aspecto peligroso y misterioso. En el que nos detuvimos a descansar por la noche era salvaje. Nada que ver con el pacífico bosque de mi primera noche en esta época, un terreno que terminaría siendo la lujosa zona residencial de North Haven.

—No debe temerle a nada, señorita Lia —dijo Patrick.

—¿No? ¿Y ese aullido de lobos que oigo a lo lejos?

—No van a venir hasta aquí. —Patrick rio.

—Sí, vendrán. Claro que vendrán, sobre todo si huelen a carne fresca.

—Lia, por favor...

No debería hacerlo. No debería mirar fijamente a esos ojos condenadamente bonitos que, sin poder evitarlo, me habían conquistado desde el principio. No debería enamorarme de Patrick. Nuestro viaje acabaría en unas horas, y volvería a ver a Will; con un poco de suerte le convencería para que regresara conmigo al siglo XXI y seríamos felices para siempre. Patrick permanecería en este siglo y no volvería a verlo jamás. Ni siquiera sabría cómo y cuándo terminaría su intensa vida.

—Patrick, yo... —Quise averiguar algo, aunque me fastidiaba enormemente tener que competir con otras dos mujeres—. A mí... —No me salían las palabras. Él me miraba fijamente con el ceño fruncido, esperando a que las malditas frases salieran con claridad de mi boca—. ¡Qué difícil! Estoy acostumbrada a que me lo digan a mí. Eh... —¿Las declaraciones de amor eran igual en 1813 que en 2012? ¿Estaba mal visto que una señorita se declarase a un hombre? Bah, eso me daba igual... Se me secó la boca, así que fui un momento hasta el riachuelo a beber agua, esperando que no estuviera contaminada, y cuando volví, lo solté—: Me gustas, Patrick. Me gustas un montón, desde la primera vez que te vi. Y me estaba preguntando si yo..., si yo tenía alguna posibilidad de gustarte también a ti.

Empalideció. Se puso rígido y evitó mirarme a los ojos. Incómodo, negó con la cabeza y se tocó el cabello.

—No quiero ser grosero, Lia. Pero no puede ser.

—Debo de ser muy fea, entonces —repuse ofendida.

—¿Fea? ¿Por qué dice eso?

—Porque teniendo dos amantes..., ¿qué más te da una más?

«¡Dignidad, Lia! ¡Estás perdiendo la dignidad por un polvo de una noche con un tío macizo del año 1813!», pensé aterrada.

—Lia, usted es muy agraciada —dijo sonriendo—. Una de las mujeres más bellas que he visto en mi vida, créame. Aunque lleve

101

el cabello corto como un hombre, su rostro es angelical. Pero no es una más. Nunca será una más para mí.

«¿Qué narices significa eso de que nunca seré una más para él? —pensé—. ¿Acaso se está enamorando de mí y por eso quiere ir poco a poco?».

Satisfecha por su respuesta, sonreí, aunque el muy listillo seguramente sabía que eso era lo que yo quería escuchar.

—Muy bien, Casanova... Es hora de dormir —dije autoritaria, tal y como se había mostrado él la primera noche en el bosque de North Haven.

Vi que se le escapaba la risa, pero no supe el motivo hasta que sentí el aliento de lo que parecía ser el morro frío y húmedo de un lobo a mi espalda. Patrick me advirtió con un gesto que me mantuviera quieta, pero seguía riendo. No podía moverme, no podía gritar... Tenía a un maldito lobo del siglo XIX olisqueándome la espalda para comprobar si mi carne era lo suficientemente buena para él, y Patrick se reía de mí sin disimular lo más mínimo. ¡Iba a morir en ese tétrico bosque!

—Ven aquí, pequeño, ven aquí... —dijo de repente.

Lo que me había parecido un lobo feroz era, en realidad, un cachorro de pastor alemán que se acercó a Patrick moviendo alegremente la cola. Jugueteó con él, le dio algo de comer y el perro, feliz, se alejó de nosotros.

—Patrick... ¿puedo dormir a tu lado? Por si viene un lobo y eso... Tengo miedo.

—Pero no se me arrime mucho, Lia —me advirtió.

—Lo intentaré...

En mi cabeza ya estaba visualizando la escena, una digna de las mejores películas románticas de Hollywood: Patrick y yo tumbados sobre la hierba húmeda del bosque, cara a cara, mirándonos fijamente. Él acariciaba mi rostro con sus grandes y fuertes manos..., dulcemente, poco a poco. Sin prisas. El tiempo se detenía, las estrellas nos contemplaban envidiosas y la luz de la luna iluminaba nuestros cuerpos desnudos, sudorosos y llenos de deseo. No hacía frío, el calor corporal era todo cuanto necesitábamos. Yo le sonreía, y entonces se acercaba más y me besaba apasionadamente mientras me agarraba con fuerza y deseo por la cintura. No tendría nada que envidiarles a Glenda o a Amelia, porque en esos momentos sería yo la protagonista única e indiscutible de sus besos, de sus labios… De su amor. Yo acariciaba y besaba con dulzura las cicatrices de su espalda mientras él curaba las heridas internas de mi alma con cada una de sus inolvidables miradas. Haríamos el amor. Varias veces… Y al final Patrick reconocería que, en efecto, yo no era una más, que era la mujer de su vida. Su gran amor… El único. Un amor procedente de otro tiempo que había llegado hasta él por una fortuita y maravillosa coincidencia.

—¿Se encuentra bien, Lia?

—¿Eh?

—Venga, a dormir. Y, por favor, no se me arrime —repitió para mi desgracia.

Refunfuñé para mis adentros y contemplé de cerca y en silencio las cicatrices de su espalda desnuda. Reprimí las ganas que tenía de besarlas y acariciarlas, de decirle a ese hombre poderoso que todo iría bien, que yo estaba con él, que podía confiar en mí. Que si él quería, le entregaba mi corazón para siempre, en 1813 o en 2012.

WILLIAM

Abril, año 1808

Al mediodía del día siguiente llegamos a Hartford. Ensimismado en mis propios pensamientos por el descubrimiento sorprendente de la noche anterior, apenas había cruzado media palabra con Patrick. Lo observaba en silencio... para descubrir todo de él. Quería escribir hasta el último de los rasgos de su personalidad, y si me despistaba un momento, tal vez podía pasar alguno por alto. No podía creer que fuera verdad, pero... nadie mejor que yo para relatar las aventuras de un tal Patrick inconformista con el mundo, con un poco de él y un poco de mí. Sin embargo, una poderosa duda me asaltaba. Me convertía en Escorpión, un escritor misterioso con varias obras en su haber desde 1808 hasta 1813..., ¿por mi hallazgo en el futuro o por mi viaje en el tiempo al pasado?

«Por ambas cosas», me dije.

Un sol de justicia nos recibió cuando entramos en las calles de Hartford, que, al contrario de lo que yo creía, estaban abarrotadas de gente. Mujeres elegantísimas vestidas con largos vestidos muy ornamentados de la época que completaban con sombreros o paraguas para protegerse del sol; hombres con prominentes barrigas y puros entre sus gruesos dedos vestidos con traje chaqueta y hablando en corrillo sobre negocios; niños jugando con pelotas de trapo ajenos al mundo, solo pendientes de su diversión, y niñas presumiendo de sus muñequitas de porcelana... Todos ellos ocupando los caminos empedrados que con el tiempo se convertirían en asfalto puro y duro. Inimaginable la cantidad de vidas que habían pasado por allí..., en el pasado y en el futuro. Patrick saludaba a algunos hombres; conocidos suyos, supuse. La ciudad tenía vida, no solo en sus calles sino también en sus colmados, sastrerías y librerías. Me invadió un gran deseo de desmontar y pasear por Hartford en 1808, muy diferente a la moderna ciudad que había visitado en un par de ocasiones en mi época. Todo era nuevo y emocionante. No veía en los rostros de esas gentes ni el estrés, el enfado o la disconformidad del siglo XXI. Se comunicaban entre sí mirándose a la cara, fijamente a los ojos, y no hablando a través de teléfonos móviles. Sonreían. Parecían felices. La tranquilidad reinaba en el lugar.

Me gustó, y por eso quise quedarme a pesar de las dudas y de Lia. Escorpión era yo, y mi destino o mi deber era permanecer en esa época para descubrirme a mí mismo en el futuro a través de esas obras que hasta ese momento no había reconocido como mías. Me obsesionaría, me convertiría en un hombre extraño en ese futuro que recordaba con claridad..., pero, de no ser así, si no me quedaba en ese tiempo y no escribía bajo el seudónimo de Escorpión, podría cambiar las cosas, y tal vez alterarlas traería otras complicaciones indeseables. Complicado, rebuscado..., pero real. El portal del tiempo y las casualidades fortuitas en el futuro habían sido tan reales como la vida misma.

«Cuánto lo siento, Lia... Tal vez estarás preguntándote dónde demonios estoy. Buscándome desesperada... Lo siento, Lia, lo siento de veras. Espero de verdad que seas feliz... Deseo con todo mi corazón que alguien deje el trozo de chocolate que tú le robas, siempre en el mismo sitio. Te voy a echar mucho de menos, pequeña».

—¿Hacia dónde vamos? —pregunté a Patrick.

—Ya estamos cerca.

Abandonamos la animada calle central de Hartford y giramos hacia la derecha. Continuamos por un camino de tierra en el que los protagonistas indiscutibles eran los edificios de viviendas de tres plantas como máximo y una recargada y trabajada arquitectura de piedra, con gárgolas y otras formas góticas sobresaliendo de las esquinas de las discretas ventanas. Destacaban los colores grises, incluso el alegre amarillo, un blanco descuidado por el tiempo y el beis en la piedra, conviviendo en perfecta armonía. A continuación, nos adentramos por un estrecho sendero en el que *Escorpión* tuvo que sortear grandes rocas y frondosos árboles. Cruzamos un puente endeble muy diferente a los de mi época, los cuales, fuertes y robustos, podían soportar toneladas encima; en cambio, ese apenas podía sostener a un caballo y dos jinetes. Atravesamos el río que yo conocía como el Connecticut y continuamos hacia delante sin descanso; luego subimos por una empinada colina y terminamos en un amplio y verde valle en el que se encontraba una solitaria casa de madera rodeada por un huerto y frondosos árboles; entre ellos, un poderoso sauce llorón.

—Hemos llegado —anunció, triunfal, Patrick.

—¿Y esta casa? —pregunté.

—Es suya, William —respondió con majestuosidad.

—Pero... ¿mía? ¿Y eso por qué?

—Al entrar lo entenderá todo.

Miré a mi alrededor. Me temblaban las piernas; después de tres días a caballo tenía unas agujetas terribles al no estar acostumbrado a montar, y en esos momentos, además, estaba muy nervioso. Inquieto y ansioso a partes iguales por descubrir por qué esa casa me pertenecía. No entendía absolutamente nada.

Respiré hondo ante la atenta mirada de Patrick, que me guiñó un ojo y me animó a entrar en la casa. Una vez dentro, curioseé la amplia estancia, en la que se encontraba una sencilla cocina con los escasos enseres de la época, una mesa con cuatro sillas de madera de roble y un sillón. A un lado, dos puertas que pensé que conducirían a un par de dormitorios. Suelos y paredes de madera oscura desgastada le habrían dado un aire lúgubre de no haber sido por los rayos del sol que, generosos y alegres, entraban animados por las ventanas, otorgándole a la casa un encanto especial. Al mirar más allá del sillón orejero de color verde oscuro, vi una pequeña mesa de madera con una antiquísima máquina de escribir, y al lado una estantería repleta de libros. Miré a Patrick, quien asintió sonriente.

—¿Es para mí? —pregunté, refiriéndome a la máquina de escribir.

—Ha caído en la cuenta de que Escorpión no era yo, sino usted.

—Sí..., hace unas horas.

—Le espera una sorpresa más, William.

Me volví hacia donde estaba mirando Patrick y entonces la vi. No podía ser posible... No podía ser ella. Ella no.

Capítulo 7

Lia

Abril, año 1813

Los rayos del sol que se colaban tímidamente por las ramas de los altos árboles me despertaron. Me sobresalté al descubrir que Patrick me estaba observando, divertido, recostado sobre su brazo.

«Oh, Dios mío... Otra vez la babilla... La babilla no. Mierda».

—Estaba profundamente dormida, no la quise despertar —dijo, aún con la voz ronca—. Será mejor que nos pongamos en marcha antes de que vengan los osos.

—¿Osos? ¿Qué osos? No, no... ¡Osos no!

Me levanté rápidamente intentando poner remedio a las arrugas de la camisa y expulsando las briznas de hierba de mi fatigosa falda. Patrick continuaba riéndose de mí mientras sacaba del saco de esparto que llevaba consigo otra camisa exactamente igual a la anterior. La moda en el siglo XIX no era lo que se dice muy variada...

—¿Te parezco un payaso de feria? —pregunté, riendo también.

—Hace tiempo alguien me habló de usted... Dijo que tenía sentido del humor, que era divertida. Y tenía razón.

—¿Will?

Patrick se encogió de hombros divertido y se dirigió al riachuelo para asearse. Yo hice lo mismo. Ya me había acostumbrado a hacer mis necesidades en el campo y a asearme en los riachuelos que encontrábamos por el camino, lo cual no significaba que no echara de menos mi jacuzzi, los interminables baños de espuma rodeada de velas, mi champú, mi mascarilla, mis geles, mis cremas hidratantes... Definitivamente, no estaba hecha para el siglo XIX. Yo no. ¿Cómo se las había apañado Will?

—Hoy es el día —anunció Patrick sonriendo—. Ha sido un viaje agradable, Lia.

—Cuando lleguemos a Hartford, cuando me reúna con Will..., ¿te irás? —Pensar que no volvería a ver a mi Tristán particular me entristecía. Estuve a punto incluso de llorar.

—Deberá volver a su tiempo, Lia. Usted no está hecha para este lugar. Calculo que tendrá aproximadamente diez días, y después la llevaré de vuelta al portal para que pueda regresar a su época.

Diez días... Esperaba resolverlo todo en menos tiempo. No quería riesgos, necesitaba llegar al portal a tiempo. Tenía diez días para convencer a Will de que ese tampoco era el lugar ni la época destinados a él; para contarle que mi vida a lo largo de los últimos cinco años sin él había sido un desastre; que yo me había convertido en un desastre; que lo había echado de menos... Que lo necesitaba.

—Y tú... ¿No vendrías, Patrick? A mi tiempo, me refiero —sugerí.

—No, señorita Lia. Jamás atravesaría un portal del tiempo. Se necesitan agallas para eso.

—¿Agallas? De eso vas sobrado. —Reí al recordar la ocasión en la que se enfrentó a aquellos cuatro jinetes uniformados para salvarme la vida.

—A menudo... hay que saber ver, no solo mirar. No dejarse

influir por una simple fachada, puesto que son engañosas.

—¿A qué te refieres?

—Que no todo es lo que parece y, a veces, las personas no son quienes dicen ser.

Pensativa, subí a lomos de *Escorpión* imitando el movimiento de Patrick. Me estaba convirtiendo en una experta jinete, en una aventurera como él.

«Las personas no son quienes dicen ser». Sus palabras resonaban en mi mente. «¿Quién eres, Patrick? ¿Quién eres?», me pregunté.

***

Al mediodía llegamos a Hartford. El ajetreo de la ciudad, su cielo azul y sus edificios de piedra nos recibieron por los caminos empedrados del centro. Las mujeres lucían elegantes vestidos que yo solo había visto en carnaval. Unos ornamentados y floreados, otros lúgubres y más discretos, todas paseaban con una sonrisa permanente en sus labios. Los hombres hablaban en corrillo a la salida de los colmados, librerías o locales de ocio con enormes puros entre sus gruesos dedos. Algunos niños jugaban alegremente por las calles con balones de trapo, mientras que las niñas, más tranquilas, no se soltaban de la mano de sus madres admirando sus muñequitas de porcelana. Ser madre... Si alguno de mis cuatro bebés me hubiera elegido como madre, si alguno hubiera decidido quedarse en mi interior y nacer, yo no estaría aquí, contemplando un tiempo que no me pertenecía, observando a personas que para mí ya no existían. La vida puede ser caprichosa a veces. Puede llevarnos a lugares que jamás creíamos que podríamos ver. Puede sorprendernos y puede alterar el curso de las cosas por una sola palabra... AMOR.

—Lia, por favor, no se me arrime tanto —dijo Patrick, volviéndose hacia mí mientras saludaba con la mano a un hombre que paseaba por la acera junto a una muchacha de unos quince años. Me di cuenta de que había vuelto a apoyar mi cabeza sobre su espalda inconscientemente.

Dejamos a un lado el bullicio de lo que parecía ser la avenida principal de la ciudad de Hartford en 1813 y torcimos a la derecha para adentrarnos por un camino de tierra. Seguía habiendo edificios de tres plantas como máximo; todos de piedra, alineados en una perfecta armonía y con una arquitectura bastante recargada. Algunos de esos edificios habían resistido al paso del tiempo, puesto que los recordaba en el Hartford del siglo XXI, pero lo demás... Todo lo demás era extraño para mí, diferente. Recorrimos un difícil sendero en el que *Escorpión* esquivó airosamente unas grandes rocas y los frondosos árboles a los que se les había antojado crecer en mitad del paso. El caballo conocía el camino perfectamente. Se me cortó la respiración cuando cruzamos por un puente muy frágil que apenas podía sostenernos y desde el que pude ver un río que supuse que era el Connecticut, aunque dudaba mucho de que en esa época se llamase así. Ya más relajada, coloqué mis manos sobre los anchos hombros de Patrick en vez de en su cintura; luego subimos por una empinada colina y llegamos a lo que parecía ser mi destino.

En un amplio y verde valle jugaba en soledad una chiquilla rubia de ojos azules como el cielo y de tez blanca que llevaba un vestidito alegre y vaporoso de flores; parecía contar unos tres años, pero aparentaba más. La miré fijamente sin apenas reparar en la casa de madera de enfrente, con un huerto y rodeada de frondosos árboles.

Miré a Patrick y, con lágrimas en los ojos, asentí.

—¿Preparada, señorita Lia? —me preguntó.

—¿Preparada para qué?

Me acerqué a la niña y me arrodillé junto a ella bajo el sauce

111

llorón en el que se encontraba. Ella me miró con sus grandes y vivarachos ojitos y acarició mi mano.

—¿Cómo te llamas, pequeña? —le pregunté sonriendo.

—Rosalía, señora. Pero todos me llaman Lia —respondió con su vocecita y con una claridad pasmosa para lo pequeña que era.

Supe enseguida quién era esa niña. Fue como encontrar a mi yo del pasado, a aquella chiquilla que le robaba trocitos de chocolate a su hermano Will, quien, a pesar de todo, seguía dejándolos en el mismo lugar. Patrick nos observaba muy serio junto a *Escorpión*, que de nuevo volvía a enseñarme sus grandes dientes, como si me estuviera sonriendo.

—Yo también me llamo Lia, ¿sabes?

—Lo sé. Mi papá te está esperando.

—¿Me llevas junto a él?

—Será un placer, Lia —dijo coqueta, cogiendo mi mano y llevándome hasta el interior de la casa de madera.

La estancia era amplia y luminosa. Tanto el suelo como las paredes eran de madera vieja, la cocina constaba únicamente de dos encimeras antiguas con los cacharros típicos de la época. Una mesa y cuatro sillas a su alrededor eran el mobiliario principal junto a un sillón orejero de color verde. Frente al sillón, una mesa con una máquina de escribir que me recordó a la de mi madre. Y una estantería repleta de libros, sobre todo de poesía. Dos puertas daban a lo que creí que serían sendos dormitorios. Pero allí no había nadie, no al menos quien yo esperaba. Patrick, detrás de nosotras, permanecía en silencio. Parecía no querer perderse mi encuentro con Will. Ese encuentro tan deseado... La niña señaló una puerta. La abrí. Ojalá no hubiera viajado en el tiempo..., no para ver a Will enfermo y moribundo en una amplia cama.

—¡Will! —exclamé, acercándome a él.

Me miró con sus ojos azules, casi transparentes, pero esta vez ojerosos y llorosos. A los pocos segundos, su pálido rostro estaba inundado de lágrimas como el mío. Lo abracé tan fuerte como pude, sin querer separarme de él. Se había quedado en los huesos. Su cabello rubio, peinado hacia atrás como había visto en aquel cuadro de la Galería Neue, me hacía pensar que, efectivamente, él era el gran Escorpión. El escritor al que mi hermano tanto admiró..., del que se obsesionó hasta el extremo, sin saber que era él mismo en un pasado que estaba viviendo después de que traspasara el portal del tiempo. En ese mismo instante me hubiera gustado regresar a la galería y decirle a aquella mujer: «¡Es mi hermano! ¡Ese gran escritor es mi hermano!». Ahora que volvía a estar con él, me sorprendía lo lejos que había llegado en la vida, reconocido en un futuro lejano como un gran escritor cuya edición de coleccionista muchos ansiaban poseer. Cuánto tenían que contarme esos ojos...

—¿Cuánto tiempo ha pasado, Lia? —me preguntó, acariciando mi rostro ante la atenta y conmovida mirada de Patrick y la niña.

Estábamos emocionados, como si no hubiera pasado el tiempo, como si no hubiera existido ningún viaje a otra época... Seguíamos siendo Will y Lia, los de siempre. Aquellos chiquillos que leían cuentos bajo la sombra de nuestro querido sauce llorón, que explicábamos historias fantasiosas e imposibles en la destartalada buhardilla de la mansión... Los pequeños rubios de ojos azules como el cielo que vivían todo el verano sumergidos en la piscina bajo la supervisión de la vieja y estricta Amy Kleingeld... Will seguía siendo la única persona que había sabido explicarme qué era el amor de la manera más dulce, espontánea y sincera. Seguíamos siendo ÉL y YO. Siempre unidos. Almas gemelas.

—Cinco años —respondí amargamente, casi en un susurro.

—Exactamente igual que aquí, Lia. Cinco años —repuso, demostrándome que, a pesar de haber viajado en el tiempo antes que yo, había detalles que también se le escapaban de las manos. No hay una ciencia cierta. Podrían haber pasado cinco años para mí, en mi tiempo, en el siglo XXI, y tan solo diez para él. Pero habían pasado cinco años. Exactamente igual de un tiempo a otro—. Sabíamos que vendrías, Lia. Sabíamos que encontrarías el portal… y vendrías a buscarme… —Forzó una media sonrisa, le costaba hablar.

Nos quedamos en silencio; mirándonos fijamente, hablándonos sin necesidad de palabras. Yo sentía lo que él sentía. En esos momentos sabía que mi alma gemela se estaba muriendo y ya era demasiado tarde para que volviera conmigo y la medicina moderna pudiera hacer algo por él.

—Me muero, Lia.

—Ni que lo digas, Will… —Mi comentario le hizo reír débilmente. Acaricié su rostro, sequé sus lágrimas y se me rompió en pedacitos el corazón.

—Gracias, tío Patrick. Gracias por traerla conmigo sana y salva —dijo entonces, para mi sorpresa. Miré a Patrick con los ojos como platos y él, por no perder la costumbre, se encogió de hombros y esbozó una forzada y misteriosa sonrisa.

—¿Tío Patrick? ¿Tío? —repetí, cada vez más angustiada—. ¿Qué significa todo esto? —quise saber, aún en estado de shock.

La pequeña Lia rodeaba con sus bracitos cariñosamente las piernas de mi Tristán particular, lo cual era la demostración de que ya lo conocía y tenía plena confianza en él. Entretanto yo, sin entender absolutamente nada, no podía dejar de mirar los ojos color miel de Patrick, esos ojos que a lo largo de nuestro viaje hasta Hartford habían deseado hablarme sin necesidad de palabras… Esa mirada que me había enamorado por completo.

Fue Will quien rompió el silencio:

—Te lo voy a contar todo, Lia. Te lo prometo… Si este maldito cáncer me lo permite, claro. Aún tenemos unos cuantos días… Y después… —La tos no le dejó continuar—. Después te irás. Volverás a tu época con mi Lia. Con mi hija.

El destino siempre tiene un plan. Siempre. Miré a la pequeña. Sus ojos querían decirme tantas cosas... Era como si nos conociéramos de toda la vida, como si le hubieran hablado tanto de mí que por eso no le resultaba una extraña, aunque fuera la primera vez que me veía en su corta existencia. Sonrió con su boquita de piñón y se acercó a nosotros. Era dulce, inteligente y cariñosa; muy similar a Will cuando era pequeño. Miró a su padre con profundo amor... Mientras tanto yo, la «tía Lia», no le quitaba el ojo de encima a Patrick, ansiosa por descubrir por qué Will lo había llamado «tío»; queriendo encontrar en él una respuesta que aún no tenía.

—William, ¿necesita algo? —dijo Patrick con tono servicial.

—Llévate a mi pequeña unas horas. Necesito hablar con mi hermana a solas —respondió Will débilmente, mirándome con tristeza.

—¡Sí! ¡Vamos a jugar, tío Patrick! —exclamó alegre la pequeña.

La idea de darle una bofetada a Will por haber desaparecido del siglo XXI sin dejarme alguna pista sobre su paradero, y hacerme viajar a mí a través del portal del tiempo que descubrí por casualidad con la esperanza de encontrarlo, era ya impensable. Se le veía tan frágil..., y aun así, a pesar de su palidez, sus ojeras y su extrema delgadez, sabía que era feliz. Que probablemente sus apenas cinco años vividos en el siglo XIX habían sido dichosos. Que al fin había encontrado su lugar en el mundo y, por lo visto, una mujer a la que amar.

—¿Cómo ha sido? —preguntó de repente.

—¿El qué?

—Ella me dijo que vendrías, aunque era algo que yo ya sabía desde que decidí viajar en el tiempo... Sabía que vendrías a buscarme. Pero ¿cómo ha sido? —insistió.

—¿Ella? Will, estoy desubicada y me estás poniendo nerviosa. De verdad que no entiendo absolutamente nada.

—Te has enamorado de tío Patrick... —Rio.

—¿Qué? ¡No!

—Mejor, porque, en serio, es nuestro tío. Tío de sangre. —La sangre es lo que se me estaba helando a mí al escuchar eso. Me dieron arcadas al rememorar los pensamientos pecaminosos que había tenido con él, con el que era nuestro tío, tal como aseguraba Will. Pero ¿tío de qué?—. Ahora te explico... Pero antes dime cómo has llegado hasta aquí, Lia.

Se lo conté todo: desde el retrato expuesto en la Galería Neue hasta el temor que sentí de que lo hubieran asesinado por culpa de las valiosas novelas de Escorpión; las fotografías que descubrí en el estudio de nuestra madre ausente, la luz en el desván y la espiral que me había traído hasta 1813; luego seguí explicándole mi viaje con Patrick —sin saber aún por qué y de qué era mi «tío»—, sus devaneos amorosos y lo mucho que echaba de menos darme un buen baño con espuma y hacer mis necesidades en un retrete como Dios manda. También le expliqué que sus cinco años de ausencia en el siglo XXI habían amargado mi existencia y agriado mi carácter. Le hablé de Thomas, de mis cuatro abortos espontáneos y de lo último que hice: dejar mi trabajo como abogada en el bufete, para al fin sentirme libre. Y, por último, reconocí que sí..., que me había enamorado «un poquito» de Patrick.

—Lo sabía —dijo sonriendo—. En cuanto lo conocí, allá por el año 1808, supe que era el tipo de hombre por el que te volverías loca. Pero sácatelo de la cabeza, Lia. Es el hermano de nuestra madre.

WILLIAM

1808

Mi madre estaba allí, yo no podía creerlo, pero... era ella. Apareció tras la puerta de uno de los dormitorios de la casa, sonriendo amargamente. En esos momentos me pareció un espectro, una imagen irreal, una jugarreta de mi imaginación, siempre poderosa. Pero entonces empezó a caminar hacia mí y me di cuenta de que era real. Mis ojos no me estaban engañando, mi corazón parecía un caballo desbocado a punto de salírseme del pecho de un momento a otro. Nuestra madre, siempre ausente y arisca; adaptada completamente al siglo XIX, vestía con una falda larga de color negro y una camisa de grandiosas hombreras y cientos de botoncitos de color blanco roto. Llevaba su cabello rubio recogido hacia atrás en un esmerado moño, no en uno deshecho y desastroso como la recordábamos, siempre concentrada frente a su máquina de escribir. Me miró con esa nostalgia y tormento que la caracterizaban, y con una dolorosa ausencia de luz y vida en sus grandes ojos azules. Frunció el ceño y, lentamente, se acercó a mí. Lo hizo como si me temiera, como si la fuera a rechazar cuando la tuviera enfrente.

—No puede ser... —dije—. Tú no puedes estar aquí.

—Quiero explicártelo todo, Will. Hijo, no sabes cuánto lo siento. —Se puso a llorar. Lágrimas sinceras y desgarradoras que me llegaron al alma.

Me abrazó y le correspondí el gesto porque en esos momentos el pasado había quedado en el olvido. Supe que ella tendría motivos para ser como fue, y al fin yo tendría las respuestas que siempre necesité. Lo supe en cuanto vi aquellas fotografías que nos había hecho mientras Lia y yo jugábamos en el jardín a lo largo de nuestra infancia..., esas fotografías que no descubrimos hasta después de su muerte en 2007. Patrick nos observaba, con esa mirada imponente que lo caracteriza, pero, a la vez, con esa sonrisa franca que demuestra que no es un tipo tan duro como quiere hacer creer, sobre todo cuando está delante de sus enemigos.

—Hijo —empezó a decir mi madre casi en un susurro—, espero que algún día tu hermana y tú perdonéis mi ausencia. Ojalá hubiera podido ser una madre normal y corriente como el resto. Me hubiera gustado tanto acompañaros al colegio, ayudaros con los deberes, jugar con vosotros, prepararos el desayuno y contaros fantasiosos cuentos antes de iros a dormir... Cuando erais pequeños y os quedabais profundamente dormidos, iba hasta vuestra habitación a daros un beso en la frente. Ese momento del día era mi preferido... Vosotros, sin daros cuenta de mi presencia, sonreíais y yo quería creer que sentíais mi amor..., aunque fuera en sueños —explicó con la voz aterciopelada que casi nunca escuché y, por lo tanto, tampoco recordaba.

—Dorothy... —Pareció dolerle que no la llamara «mamá»—. Has muerto... En 2007 has muerto.

—Oh, vaya... No es muy agradable saber el año en el que vas a morir —bromeó, mirando a Patrick—. Por cierto, ¿se ha portado bien tu tío?

—¿Mi tío?

—Patrick es mi hermano.

—No lo entiendo... —dije mirando boquiabierto a Patrick.

—Will, mi nombre real es Dorothy Landman —continuó explicándome—. Nací en el año 1776 y, tal y como te he dicho, Patrick es mi hermano, dos años mayor que yo, aunque ahora mismo sea más joven. En resumidas cuentas, un lío al que ya nos hemos acostumbrado. Nacimos en Hartford, pero de pequeños nos trasladamos con nuestros padres a una humilde y pequeña cabaña en lo que en el siglo XXI se conoce como North Haven. Nuestro padre era cazador y en esas tierras lograría ganar un buen dinero, mucho más que en Hartford. Por aquel entonces, y también ahora, en 1808, no existe ese nombre; simplemente son unos prados pertenecientes a New Haven. Hijo, soy una viajera del tiempo desde que tenía diez años —reveló finalmente. Ya lo había supuesto, desde que me había dicho que su año real de nacimiento era 1776 y no 1954.

No supe qué decir. Los hermanos Landman se miraron fijamente como solía hacer yo con mi hermana, hablando sin necesidad de palabras. Me recordaron a Lia y a mí. Sonrieron y me indicaron que me sentara en una de las sillas alrededor de la mesa. Patrick preparó café —¡bendito café!— y mi madre se sentó junto a mí, dudando de si sería buena idea acariciar mi mano apoyada en la mesa.

—En el año 1786 —prosiguió con cierta pausa—, mi padre, un hombre violento y malvado, me mató. Sé por Patrick que, después de acabar con mi vida, mató a mi madre después de años de maltrato psicológico y brutales palizas. Mi pobre madre... solo intentó defenderme...

Una lágrima recorrió su mejilla. Demasiados recuerdos en un solo instante, demasiado dolor. Nunca leí ninguna de sus novelas de terror, pero su vida fue tan tétrica como las historias que escribió.

—Durante cinco minutos estuve muerta —siguió explicando—, pero Patrick me salvó la vida cuando me llevó hasta el prado al que llegaste tú en tu viaje a través del tiempo, el mismo lugar que en un futuro será nuestra mansión de North Haven. Fue ese el momento en el que descubrió la luz y la fría espiral negra dando vueltas vertiginosas sobre sí misma. Sin querer, Patrick me envió hasta el futuro y aparecí en la buhardilla que tan bien conoces, del año 1964. Entonces ya existía North Haven tal y como lo conocemos, y esa mansión pertenecía a la que tú recordarás como la estricta ama de llaves Amy Kleingeld.

»Ella apenas era una chiquilla de veintisiete años, acabada de enviudar y con mil sueños rotos; uno de ellos, ser madre. Tuve que hacer un ruido espantoso al llegar a su buhardilla, porque subió de inmediato para ver qué era lo que había pasado. "¿Qué es ese ruido? ¿Quién es esta niña estirada en el suelo y vestida con esas ropas tan antiguas?", debió de preguntarse la pobre Amy con el susto. Por algún tipo de milagro, el portal del tiempo me devolvió la vida. Habrás comprobado que, por unos instantes, el alma abandona el cuerpo dejándote la sensación de estar en el limbo, ¿verdad? —Asentí con el ceño fruncido, dándole un sorbo al fuerte café que nos había servido Patrick. Quería saber más, mucho más. Lo quería saber todo, y mi madre parecía corresponder a mi ferviente deseo—. Amy cuidó de mí como si fuera su propia hija. Me matriculó en la escuela, pagó mi seguro médico... Era una mujer muy rica a la que la suerte no había acompañado. Sus padres también murieron cuando tenía veinte años y estaba muy sola en el mundo. Yo fui su milagro y no tuvo más remedio que creer en mí y en lo que le expliqué. De inmediato nos dimos cuenta de que allí, en su buhardilla, había una puerta que conducía a otro tiempo. Con los años, supe que el portal se esconde en algunas otras buhardillas de diversas casas de North Haven por alguna extraña razón que no he logrado descubrir en toda mi vida. Amy también fue mi milagro en ese nuevo mundo, en el que me adapté desde el principio sin problemas. Pero me faltaba alguien... Patrick, mi hermano. Así fue como me convertí en una viajera del tiempo: todo por volverlo a ver. Él siempre negándose a venir al siglo xx en el que yo me encontraba bien, a salvo..., sin el peligro constante de una figura paterna maligna y maltratadora con la que él sí convivió. Finalmente, tras recibir brutales palizas a diario, cuando Patrick era solo un chiquillo...

—Lo maté —la interrumpió Patrick, refiriéndose a su padre—, de la manera más cobarde: mientras dormía..., dos años después de que Dorothy viajara al futuro.

—Dorothy, si tu padre murió..., si ya no había peligro..., ¿por qué no volviste al siglo xviii? —pregunté.

—No podía abandonar a Amy, y además ya me había acomodado al siglo xx. Todo resultaba más fácil, yo nunca he sido como

Patrick. Siempre se me dio fatal cazar para sobrevivir y las cosas no son fáciles para las mujeres en este tiempo, hijo.

—Entiendo... —dije pensativo, mirando a Patrick, que a su vez miraba con todo el amor del mundo a su hermana. A mi madre. Como yo siempre he mirado a Lia.

Dorothy siguió contando su historia con la esperanza de conseguir mi perdón. Pero lo que no sabía es que había conseguido perdonarla hacía mucho tiempo. Nunca he sido del tipo de personas que pueden vivir con rencores; pesan demasiado, y a mí me gusta viajar ligero de equipaje.

—Cinco años después, cuando yo era una adolescente inquieta y curiosa —prosiguió—, la buhardilla se iluminó en un caluroso día de agosto. Para mi sorpresa, volví a ver la espiral negra girando sobre sí misma y desprendiendo un frío desolador. Ya por entonces escribía historias de miedo, y aunque no me hayas leído nunca, en ellas aparece esa espiral. Siempre ha estado en mi cabeza, acechándome en todo momento... ¿Cómo olvidarlo? Tenía quince años, y aunque Amy desaprobó mi decisión, rogándome que volviera, viajé al pasado con la intención de ver a Patrick. ¡Qué alegría! Estaba tan mayor... Con solo diecisiete años se había convertido en la mitad del hombre que es ahora...

»El tiempo había pasado igual para él, exactamente cinco años. Tras un estudio exhaustivo del portal, supimos que aparecía cada cinco años de la época futura hacia el pasado del que yo procedía, a ciertas horas del día: al amanecer y al atardecer. En el mes de agosto del futuro y en el mes de abril del pasado, los únicos meses del año cuya inicial es la A. AA... —murmuró pensativa—. El portal solo está abierto durante veinte días, pero me temo que, en mi caso, abusé del tiempo y de mis viajes a través de él. Ningún cuerpo humano está hecho para viajar demasiadas veces. Llega un momento en el que ocurre algo, no se sabe qué exactamente, que provoca que ya no se pueda avanzar más en el tiempo, y el cuerpo físico, sometido a un cambio tan brutal, viaje al mismo año una y otra vez como me sucedió a mí. Llegué a la conclusión de que, al abusar de los viajes, abres una especie de distorsión espacio-temporal y eso ha provocado que pueda seguir viajando siempre que el portal se abre, pero al mismo año en distintas líneas temporales y otras realidades paralelas. Así pues... —respiró hondo—, llevo quince años visitando 1808 —dijo con cierta nostalgia en su mirada—. Así fue como perdí al gran amor de mi vida, pero eso es otra historia. En estos momentos vengo del año 1997, tengo cuarenta y tres años y Lia y tú sois dos adolescentes guapísimos. Me gusta que seas tan centrado, y en cuanto a Lia..., mejor no hablo de sus escapadas nocturnas —añadió en tono de broma. Me gustó su risa; era similar a la de Lia, divertida y contagiosa, pero a ella se le marcaban dos hoyuelos encantadores que mi hermana, seguramente, envidiaría—. Durante estos quince años, siempre en abril de 1808, te he visto oculta entre las sombras desde todos los lugares, William. En los diversos mundos paralelos existentes. En todos ellos siempre has venido hasta aquí. Tranquilo, este es el real, el que cuenta. Para ti y para mí. Para ti seguirán pasando los años y mantendrás este encuentro en tu recuerdo, no cualquier otro momento en el que no coincidimos. No temas..., porque nunca me habéis necesitado, siempre he sabido que estabais a salvo y que vuestra mutua compañía os hacía felices. Lia y tú... siempre unidos como lo hemos estado Patrick y yo.

—Sí te hemos necesitado, Dorothy. Siempre te necesitamos —la contradije con gesto serio.

Mi madre asintió apesadumbrada, arrepintiéndose de toda una vida misteriosa encerrada en sí misma.

—Todo lo que he hecho y sigo haciendo en el tiempo del que procedo ha sido por vosotros, Will. Siempre encerrada en mi estudio para vigilaros. Para vigilar que no os convirtierais en dos viajeros en el tiempo como yo. Mi ausencia también se ha debido a mis viajes, claro, para visitar a Patrick y... —Quiso decir algo, pero no pudo. Las lágrimas volvieron a surcar sus mejillas despacio, mientras miraba a su hermano.

—Lo conoce —dijo Patrick.

—¿A Thomas? —preguntó mamá, sorprendida.

—Hemos tenido un pequeño encuentro... —se lamentó Patrick.

—¡Qué raro! —exclamó mamá riendo—. Sí, Thomas ha sido el gran amor de mi vida. Un poco bruto, cierto…, pero fue el mejor amigo de mi hermano, quien cuidó de él cuando el salvaje de nuestro padre murió. Me enamoré perdidamente, pero luego, al entrar en bucle y como solo podía viajar al año 1808, conoció a Glenda, una viajera de un tiempo muy muy lejano que nunca llegaré a conocer... Y nuestra historia de amor se acabó. No duró demasiado, pero es de esas historias que marcan, ¿sabes?

—No, no lo sé... —contesté apesadumbrado.

—Algún día lo sabrás, hijo. El amor... —Suspiró divertida—. En el año 1977 conocí a vuestro padre, al gran roquero. Nos enamoramos, pero ¿y de quién no se enamora vuestro padre? De veras creí que había logrado que sentara la cabeza cuando naciste tú, Will. Dos años después vino Lia y se distanció. Empezó a viajar más, los conciertos y las mujeres le tenían demasiado ocupado para volver... Yo seguía encerrada en mi estudio y en mis viajes en el tiempo, convencida de que Amy cuidaría tan bien de vosotros como cuidó de mí. Y finalmente nos divorciamos. Normal, las personas no cambian y no podemos empeñarnos en que lo hagan por nosotros. Pero hubo una época en la que yo también fui feliz. Feliz y normal. Salía, cuidaba de mis dos hermosos bebés y tenía vida más allá de las cuatro paredes de mi estudio.

—Siento no haberte conocido en ese momento —dije con

total sinceridad. Lamentaba no recordar sus brazos acunándome cuando era un bebé al que seguramente miraba durante horas embelesada.

—Y yo siento no haber hecho las cosas de otra manera —dijo ella—. Te preguntarás por qué no nos mudamos, con la cantidad de dinero que tenemos... Vivir en cualquier otra casa lejos de North Haven para no correr el riesgo de acabar en otra mansión con un portal del tiempo en su buhardilla. Huir, lejos de allí... Pero no podía, hijo... No podía irme de esa casa. De la casa que tan generosamente me había ofrecido Amy, quien, por cierto, la pobre ya no existe en 1997. Falleció en 1993, cuando tú tenías trece años y Lia once —añadió—. Quise alejaros de todo lo que tuviera que ver con la muerte y os lo oculté. Lamento que no pareciera importaros, pues acogisteis bien a la nueva ama de llaves, a Hillary... Bueno... —Suspiró—. Y, sobre todo, no podía irme de esa casa porque tenía que seguir viendo a mi hermano..., aunque sea siempre en 1808 y él también acabe recordando solo este momento; un mundo de entre los miles de mundos paralelos que existen y que no podemos ver o recordar.

—Por muy descabellado que parezca todo, lo entiendo a la perfección. —Mis palabras parecieron sorprenderla gratamente.

—Siempre tan inteligente y sensato, mi querido Will... ¿Tengo tu perdón?

—Y el de Lia, mamá. —La palabra «mamá» me salió del alma y me maravilló contemplar su expresión de felicidad al escucharla—. Puedes irte tranquila. Estaré bien. En realidad, hace tiempo que te perdonamos, aunque no supiéramos la verdad. Tampoco nos la hubiéramos imaginado, ni siquiera a través de esos cuentos fantasiosos que nos inventábamos en la buhardilla. —Sonreí al recordar nuestros cuentos infantiles.

—Entonces... ¿decides quedarte, hijo? ¿Aquí? —preguntó mamá mirando a su hermano.

—Sí, tengo un buen presentimiento —respondí—. Y además debo convertirme en Escorpión, un gran escritor —añadí sin querer parecer pretencioso, aunque de veras así me lo pareció creyendo que se trataba de una mujer del siglo XIX con un seudónimo.

—Oh..., ya lo sé, cariño. Yo seré la responsable de que encuentres tus obras en el futuro. Que esa edición especial que hallaste en Berlín esté destinada única y exclusivamente a ti —explicó feliz.

En esos momentos lo entendí todo. Ciertamente, no había sido una casualidad.

—No sé por qué..., pero no me asombra en absoluto. —dije, y era cierto; nada de lo que pudiera ocurrirme en la vida podría sorprenderme ya. No más que el portal que me había trasladado a otra época o descubrir que mi madre era una viajera del tiempo.

Ahora todo estaba claro. Habíamos hecho las paces. Pero, por encima de todo, fue mi madre quien, en ese momento de su vida, había hecho las paces con ella misma. Y me alegré por ella. De veras que me alegré... Así, quizá, ella también pudo encontrar un poquito de paz. La necesitaba.

***

Estuvo conmigo cinco días. Cinco días increíbles en los que descubrí que no era la mujer chiflada, excéntrica e incluso malvada que había imaginado desde niño. Dorothy Landman, al igual que yo, había nacido en la época equivocada y había encontrado su lugar en el mundo del futuro. Por eso, tal vez, entendió que yo tomara la decisión de quedarme a vivir en el siglo XIX, y me deseó suerte. Me auguró un futuro excelente con mis novelas, me dio ideas para ellas y lo mejor de todo: me presentó al que sería el gran amor de mi vida, aunque en el momento de la presentación yo estuviera pendiente de otras cosas.

125

Dorothy Landman resultó ser una mujer única y especial, que supo guardar un gran secreto hasta el fin de sus días. Aún me pregunto cómo fue capaz de reprimir sus ganas de venir hacia mí en 1997, cuando yo tenía diecisiete años, y no decirme: «¡Increíbles los cinco días que hemos pasado en 1808!».

Diez años después, en el tiempo del que procedo, moriría... Y yo, incapaz de llorar mientras contemplaba cómo el ataúd se adentraba para siempre en las profundidades de la tierra, no habría vivido aún esos extraordinarios días.

Era una gran conversadora; lo mismo te hablaba de libros que de cine o de música, aunque odiaba el rock and roll (no había vuelto a hablar con mi padre desde el divorcio). Y lo que más le gustaba del futuro era poder llevar un moño deshecho e imperfecto sin que la criticasen, vestir con vaqueros rotos y camisas sin cien mil diminutos botoncitos. Además era muy observadora, y tenía sentido del humor; bromeaba a todas horas, y en cada uno de los momentos vividos junto a ella me pareció ver un resquicio de luz, brillo y vida en sus sonrientes ojos azules. Le gustaban los atardeceres tanto como a mi hermana, pero también compartía conmigo su buen gusto por las tormentas de verano. Su árbol preferido era el sauce llorón y le supo mal cuando le dije que, en el año 2007, el de la mansión de North Haven estaba a punto de morirse; casi marchito, había perdido su esplendor y su fuerza.

Del siglo XIX adoraba cuatro cosas: la multitud de estrellas que se contemplaban en el cielo sin resquicios de contaminación, su hermano Patrick, su amor eterno por Thomas y el verde de los interminables prados por los que adoraba pasear. Y tenía una obsesión: ver estrellas fugaces y formularles un deseo.

Por supuesto, tenía mucho de lo que arrepentirse y lo repetía constantemente: no haber sido una madre normal, no haber disfrutado de sus hijos... y no haber visitado Italia. También no haber salido de las cuatro paredes de su estudio, en las que solo disfrutaba realmente cuando nos observaba en silencio desde la ventana y nos fotografiaba. No estaba siempre escribiendo, como yo creía, ni era su afición preferida, como imaginábamos. Nos quería. Cuánto nos quería…

Y, sin embargo, le gustaba llamarse a sí misma «La viajera del tiempo». Se sentía especial de esa forma, con esa vida. Quizá para ocultar el ser miserable que realmente creía que era. Pero no era miserable. Era genial. Despedirme de ella fue uno de los momentos más difíciles de mi vida, y aunque no era su ataúd adentrándose en las profundidades de la tierra lo que veía, sino su figura desapareciendo al galope de *Escorpión* junto a Patrick, sabía que de todas formas no volvería a verla. Ni a disfrutar de ella. Y eso me dolió más que otra cosa en el mundo; tanto como pensar que no volvería a ver a Lia por mi decisión de quedarme en el siglo XIX.

—Will, prométeme que serás feliz —me dijo el día de su partida—. Sé que a lo largo de estos días te has dado cuenta de que este sí es el mundo al que perteneces —sonrió encantadora—, y no sabes lo feliz que me hace, hijo…, que al fin hayas encontrado tu lugar en el mundo. Te lo mereces. —Acarició mi mejilla, ladeó su rostro hacia la derecha y me besó cariñosamente como una madre de verdad.

—Gracias por todo, mamá... Gracias. Ha sido increíble conocerte.

Un abrazo sincero e inolvidable. Una mirada intensa, llena de amor. Emoción, pura emoción. Y nuestros corazones unidos para siempre, aunque un poquito más rotos por la distancia y por los momentos no vividos. En mi recuerdo atesoré aquellos cinco días, con su esencia y su esplendor. No era la persona oscura que imaginábamos; desprendía luz y magia por cada poro de su piel. Si pudiera decirle a mi hermana lo orgullosa que debía estar de la madre que tuvo…. Orgullosa de nuestra perspicaz y aventurera «viajera del tiempo», que siempre trató de hacer lo que creía que era mejor para nosotros. Aunque no lo fuera, da igual... Ella pensó que así protegería a sus hijos, y a pesar de haber renunciado a nosotros, tal vez de esa manera estuvimos siempre a salvo. Nunca lo sabremos. El tiempo es el que es, y aunque se pueda viajar a través de él, es mejor dejar las cosas como están.

CAPÍTULO 8

LIA

Abril, año 1813

Tras escuchar, emocionada e incrédula, todo lo que Will había vivido, me dio la sensación que recordarlo con tanta emoción e intensidad no benefició en nada su salud. Casi sin poder terminar de hablar, empezó a toser y a sangrar por la boca. Me asusté. Me asusté muchísimo... Aún en estado de shock y con lágrimas en los ojos por todo lo que me había revelado, fui hasta la pequeña cocina a por un vaso de agua. La tos de Will remitió un poco, pero estaba sudoroso y extremadamente cansado. No tenía fuerzas para seguir hablando, para contarme qué había sido de su vida durante los cinco tormentosos años en los que no había estado a mi lado.

—Si no te importa, Lia..., mañana seguiré contándote qué hice estos cinco años aquí y te hablaré de Aylish Adams —comentó pícaro, guiñándome con esfuerzo un ojo.

—¿Aylish Adams? AA... Como los meses del portal. Abril y agosto —le dije, logrando confundirle.

—AA. No había caído en eso... —murmuró pensativo—. Pero ya... ya es tarde, Lia. Muy tarde...

—Descansa, Will.

Me miró con los ojos llorosos, y antes de que pudiera cerrar la puerta pude escuchar que decía:

—Cuánto me alegra haberte vuelto a ver, pequeña.

Cerré la puerta y me apoyé sobre ella, dejándome caer. Me senté en el suelo y lloré desconsoladamente, intentando no hacer ruido para que Will no me oyera. Debía asimilar toda la historia de mi madre y, sobre todo, que mi hermano, mi otra mitad, se moría. Se iría para siempre y no volvería a estar con él. De fondo escuché a Lia reír despreocupada con el tío Patrick. El tío Patrick... Sonreí entre lágrimas por lo idiota que había sido. «¿Cómo he podido enamorarme de mi tío? ¿Acaso no se ven los genes compartidos? ¿No se presienten?». Quise vomitar... «¿No podría haberme dado cuenta antes? Esto me pasa por tragarme tantas películas románticas, tantas historias de amores imposibles que se cumplen porque así lo quiere el destino».

Oí a Will toser de nuevo, cada vez más fuerte, y al cabo de pocos minutos, silencio. Me asomé por el umbral de la puerta y vi que se había quedado profundamente dormido. Su piel estaba brillante del sudor y su tez se confundía con la blancura de las sábanas. Su mano esquelética reposaba sobre el abdomen, que se movía al rápido compás de su respiración agitada.

—Will... —dije muy bajito—. No te mueras aún... Tienes que contarme la historia de Aylish...

Pareció escucharme, porque, sin abrir los ojos, asintió y sonrió.

Salí al exterior. El atardecer pronto me regalaría de nuevo sus colores mágicos, que me harían sonreír. Solo un poquito... Lo que no imaginaba era que esa sonrisa no la provocaría el juego de colores de un cielo sin contaminación, sino una niña preciosa de tres años encima del robusto cuello de su tío abuelo Patrick.

—Cuando sea... grande —empezó a decir la pequeña Lia torpemente—, me casaré con el tío Patrick.

Reí por su ocurrencia y las lágrimas por la inminente muerte de mi hermano desaparecieron por un instante. ¿Quién no querría casarse con el tío Patrick? ¿Quién no querría ser una niña pequeña y tener un tío como él, que te subiera a caballito sobre su fuerte espalda, que te enseñase a montar a caballo y demostrase su ternura bajo esa fachada de tipo duro, cantando una canción o explicándote un cuento antes de ir a dormir...? ¿Quién no querría a un tío Patrick...?

—Ahora lo entiendo todo —le dije muy seria.

Suspiré e intenté sonreír. Pensé en mi madre ausente y en todo lo que hizo por Will y por mí, muy pendiente de nuestra seguridad... Uau... una viajera del tiempo. Envidié a Will por haberla conocido, por haber descubierto lo especial que por lo visto era Dorothy Landman. Yo nunca tendría esa oportunidad.

—William sabía que, tarde o temprano, usted vendría a esta época, Lia —explicó Patrick, sonriente—. Que descubriría la luz, como hizo él en el tiempo lejano del que ambos proceden, y que entraría en el portal a buscarlo. La conoce bien, porque, como es obvio, no se equivocó. William me pidió que no le comentara nada, Lia —añadió—. Incluso que la desconcertara..., que al encontrarla le dijera que nuestros caminos se separaban ahí, que mantuviera el misterio, porque solo así me haría caso.

—Ya, entiendo... No demuestro interés por las cosas fáciles, y debo reconocer que lo supiste hacer bien —reconocí—. Bueno, no pasa nada. El cuelgue ya se me ha pasado, solo de pensarlo..., bah..., me entran ganas de vomitar.

Pareció no entender lo que le decía. Probablemente, para él, el cuelgue significaba una cosa muy distinta a lo que yo quería darle a entender, pero era mejor así.

Lia jugaba con su tío fortachón, mientras *Escorpión* disfrutaba de su manjar preferido: la verde y fresca hierba del prado. Me aparté un poco de ellos y me senté debajo del sauce llorón que descubrí en ese momento. Seguía escuchando las risas de Lia —música celestial para mis oídos— y entonces medité durante unos segundos una cuestión en la que no había vuelto a pensar. Había recopilado demasiada información en un momento, mi hermano me había contado demasiadas cosas y aún las estaba digiriendo. Y lo más importante de todo era que la pequeña Lia se vendría conmigo..., a mi tiempo, al año 2012. Me estremecí. Distraída, acaricié mi barriga y de nuevo pensé en Thomas. En cómo sería mi vida si él no se hubiera ido, si el cuarto bebé hubiera decidido quedarse en mi interior... Justo en ese instante escuché unos pasos. Un hombre subía fatigado por la colina; vestía un traje marrón claro y llevaba unas grandes lentes de montura dorada. También cargaba con un pesado caballete y un maletín. Se acicalaba con sumo cuidado su cabello negro hacia atrás, y mientras se acercaba a mí, luciendo una sonrisa amable, pude ver que detrás de esas lentes se escondían unos preciosos ojos verdes.

—Buenas tardes. Disculpe que me presente así, de repente y sin avisar... ¿Se encuentra en casa Escorpión?

Me quedé desconcertada, quieta como una estatua, sin saber qué decir. Escorpión, ese hombre había preguntado por Escorpión...

—Está en casa, pero se encuentra indispuesto —intervino en ese momento Patrick.

—Oh, vaya... Tenemos que acabar su retrato —se lamentó el hombre.

—¿Su retrato? —pregunté. Tenía que tratarse del retrato que yo había visto en el año 2012 en la Galería Neue. Y ciertamente debía terminarlo, porque, tal y como me había explicado Will, no hay que alterar el curso de las cosas; no es posible cambiarlas, todo es como debe ser. Además, era preciso que yo viera ese retrato en el futuro para así descubrir el portal del tiempo—. Señor...

—Señor Robinson, Adam Robinson —se presentó de inmediato.

—Adam, venga mañana, ¿de acuerdo? —le propuse— ¿Cree que podrá terminar el retrato?

—Apenas queda nada, señorita.

—Perfecto. ¿Mañana a las diez?

—Aquí estaré, muy amable. Buenas tardes —se despidió.

El pintor cuya obra me había conducido hasta aquí se alejó con una gracia natural en sus andares. Alto y flaco, supuse que abundaban más los hombres como él que como Patrick.

—¿Y la niña? —le pregunté.

—Ha ido junto a William. Dice que le gusta contemplarle mientras duerme —respondió conmovido—. Cuidará bien de ella, ¿verdad? A la pequeña, me refiero. La cuidará bien y... —Reprimió las lágrimas y eso me emocionó. Tan grandote y sensible a la vez.

—Como a mi propia hija, tío Patrick —dije, y sonreí.

—Me siento tan apesadumbrado al saber que no veré a mi pequeña nunca más... Pero me he acostumbrado a la ausencia de muchas personas. La principal, la de mi hermana..., su madre. ¿Ya le ha dicho William que durante 1808 viajó en bucle? —Asentí—. Dorothy recordó todas y cada una de las ocasiones en las que viajó a 1808. Yo solo recuerdo una, la vez que se encontró con William. El resto se las llevó a la tumba..., en el futuro en el que decidió vivir. Pobre hermana mía... Para ella fueron muchas las veces que estuvo conmigo, mientras que para mí apenas fueron tres las ocasiones que recuerdo. —Negó con amargura. Acaricié su espalda y las cicatrices sin otra intención que no fuera la de reconfortarle.

—Ve a por Glenda, Patrick. Aún estás a tiempo de recuperarla. Si crees que es el amor de tu vida, no la dejes escapar. Thomas no la merece, es un bestia... —dije señalando su ojo aún amoratado por el tremendo puñetazo que recibió, y pensando también en que Thomas había sido el gran amor de mi madre. Fascinante..., una historia fascinante.

—Ella le quiere, y contra eso no puedo luchar.

—¿Estás seguro, Patrick? ¿Estás seguro de que quiere a Thomas? Déjame que lo dude... No he visto a nadie mirar a otra persona con tanta pasión y amor como lo hizo ella contigo, y mucho menos besar con tanta efusividad. Está claro que le teme a Thomas y que su deseo real es estar contigo.

—¿Usted cree?

Patrick era indeciso, y además, en cuestiones de amor, no tan seguro de sí mismo como había pensado en un principio. Aunque se consideraba un espíritu libre, tal y como me había dicho, lo cierto es que llega un momento en la vida en el que por amor, y solo por amor, esos espíritus libres renuncian un poquito a ver el mundo desde las alturas y deciden volar a ras de suelo y en compañía.

—Thomas me mataría... —murmuró—. Lia, ¿ha visto sus dimensiones?

—Sí, son las propias de un gorila, pero tú tampoco te quedas atrás, Patrick. Hazme caso y habla con él. Fue como un padre para ti, tu mejor amigo... Quizá quede algo de ese cariño hacia ti, aunque no lo quiera reconocer por temor a perder a Glenda. Prométeme que lo harás, ¿de acuerdo?

—Prometido, Lia.

—Bien. Y ahora, silencio... El cielo empieza a hacer su truco de magia.

***

A la mañana siguiente, Adam Robinson, el retratista de Will, apareció en casa puntual a las diez, tal y como habíamos quedado la tarde anterior. Patrick y la pequeña Lia se fueron a dar un paseo con *Escorpión* por Hartford, para que reinara la tranquilidad en casa y el pintor pudiera concentrarse en su trabajo. Tuve que convencer a Will para que se sentara en el sillón orejero de color verde que yo recordaba haber visto en el retrato del futuro, diciéndole que de no haber sido por el pintor, ella nunca habría viajado al pasado para encontrarlo; que nunca habría rememorado al escritor oculto bajo el seudónimo de Escorpión y la pasión que él mismo sentía por sus obras en el futuro sin saber que eran suyas, y tampoco habría ido hasta la mansión de North Haven para descubrir lo inimaginable..., el portal del tiempo que me había llevado hasta él.

—Pero me encuentro tan mal... —se quejó Will, levantándose con gran esfuerzo de la cama.

—Lo sé, hermanito. Pero tienes que hacer un esfuerzo. —Intenté animarle—. Tal y como dijo mamá, no hay que cambiar el transcurso de las cosas —recordé de nuevo.

Contemplé la destreza que Adam tenía con el lienzo, que por lo visto había empezado hacía semanas. Cómo, poco a poco, iba perfilando sobre la tela el rostro de mi hermano que yo veía en la Galería Neue en el año 2012. También tuve que contener mis ganas de contarle a ese pintor desconocido que su obra sería expuesta en una galería neoyorquina dentro de ciento noventa y nueve años. El pobre hombre no se lo creería, pero, probablemente, gritaría de felicidad.

—No le pongas ojeras..., el cabello no debe estar despeinado, sino hacia atrás, que brille... y que luzca su color dorado. Y, sobre todo..., que parezca feliz y algo más joven —le iba indicando al pintor, que sonreía amablemente.

—¡Soy feliz! —exclamó mi hermano, forzando una sonrisa.

—Lo sé, lo sé... —murmuré.

Sí, era feliz..., pero su aspecto estaba demacrado. ¿Cuánto hacía que Will no veía su reflejo en un espejo? Desde que llegué, no había encontrado ninguno en toda la casa. Mi hermano se estaba muriendo, aunque decidí obviar ese detalle y disfrutar mi reencuentro con él. Como si fuera una especie de instinto de supervivencia. Por mi propio bien, por el de Will y la pequeña Lia, no debía caer en el desánimo. No podía estar triste. No podía permitirme el lujo de malgastar con lamentos los pocos días que me quedaban junto a mi hermano en el siglo XIX.

Una hora y media después, Adam tenía listo el retrato, que Will observó con curiosidad. Quise retenerlo en mi memoria para siempre, como la ocasión en la que no pude dejar de mirarlo en el año 2012; el impacto que ese retrato provocó en mí y toda una vida que parecía haber pasado desde entonces.

—Escorpión, muchas gracias por su tiempo. Deseo de verdad que se mejore —dijo Adam cortésmente.

—¿Que me mejore? —Will rio irónicamente—. ¡Me estoy muriendo! ¿Acaso está ciego? Por algo Escorpión escribió sus malditas obras entre 1808 y 1813. 1813, el año de su muerte. ¡FIN! No pudo escribir más. Maldita sea, que me mejore... ¡Váyase al infierno! —gritó, encerrándose en su dormitorio y dejando al pobre pintor con la palabra en la boca y mostrando una mueca de disgusto en su delgado rostro.

—No sabe cuánto lo siento, Adam —me disculpé.

—Oh, no se apure... Mi madre, antes de morir, también se mostraba muy violenta. —Silencio incómodo. El pintor se dio

cuenta de lo inapropiado que había sido su comentario—. Oh...,
perdón, no debería haber dicho eso. Ya me voy, me voy, me voy...
—repitió varias veces, agachando la cabeza y cubriendo su obra de
arte con una sábana, no sin antes asegurarse de que la pintura se
había secado.

—¿Qué harán con el retrato? —quise saber.

—Será expuesto en Nueva York junto con otros grandes ilus-
tres: pintores, escritores...

—¿Cuándo?

—Seguramente el año que viene, señorita —respondió Adam,
complaciente.

—Bueno, quien dice el año que viene, dice dentro de ciento
noventa y nueve años, ¿no?

—¿A quién le va a interesar este cuadro dentro de casi doscientos años, señorita? —preguntó con un tono de voz más agudo de
lo habitual.

—A mí, por ejemplo —dije, disfrutando al verlo tan confuso.

—Perdone mi cruel sinceridad, pero dentro de doscientos años
usted yacerá bajo tierra —dijo, ajustándose las gafas y frunciendo
el ceño.

—No lo crea Adam, no lo crea... —Reí y le guiñé un ojo.

Me lo pasé genial al verlo tan alucinado y observé cómo se ale-
jaba sin dejar de mirarme, aún con el ceño fruncido. Acto seguido,
entré en el dormitorio de Will esperando que estuviera más tranquilo.

—Te has pasado con el pobre pintor, Will —le dije.

—Estoy cansado, Lia.

—Entonces, ¿hoy no me vas a contar nada sobre Aylish?

—Sí, Aylish... —Suspiró y, por un momento, sus ojos llorosos
y febriles se mostraron ilusionados, con un brillo especial que solo
lo estimula el verdadero amor.

137

WILLIAM

1808

Mi madre, entre otras muchas cosas, me enseñó a vivir en el siglo XIX a lo largo de los cinco días que estuvo conmigo. Me enseñó a relacionarme, a cómo hablar con personas tan lejanas a mí en el tiempo y que sin embargo, a partir del momento en el que decidí quedarme aquí, serían a las que vería con frecuencia. Debía convertirme en uno más, expresarme como ellos, comportarme como ellos..., pero sin perder mi esencia, claro está. Sin embargo, no debía adoptar el personaje de un rico empresario de la época, tipos siempre pomposos e insoportables a los que les encantaba fanfarronear en cualquier lugar, ya fueran calles, tabernas, restaurantes... Cualquier entorno les iba bien para presumir de lo mucho que habían conseguido. No, efectivamente ese no era mi mundo ni el camino que debía tomar para ser feliz, una de las pocas metas que tenía en mi nueva vida. Mi madre hizo que me adentrara en el fascinante mundo de los artistas de este siglo, en el que supo que encontraría mi lugar. Creía conocerme poco, sin embargo, ¡cuánto sabía de mí! Me hice amigo de escritores y pintores que se reunían cada miércoles, a las cuatro de la tarde, en un pequeño local de la calle principal de Hartford. Allí disfrutábamos de un ambiente distendido en el que hablar de guerras y miserias estaba prohibido. Nos acomodábamos en los taburetes de color rojo alrededor de mesas de mármol con los bordes dorados y filosofábamos durante largas horas sobre la vida, el amor y sus misterios; la amistad y los sentimientos verdaderos; siempre con la compañía de fondo de clásicos como J. S. Bach, por supuesto. Dialogábamos con calma, no recuerdo que hubiera nunca ninguna discusión y respetábamos las opiniones de los unos y los otros. Era inspirador y motivador.

Al fin había encontrado mi lugar. Luego, al llegar a casa, escribía durante horas..., aunque nunca sabré si lo hice gracias a mi talento natural o porque ya había leído esas obras en el futuro y lo único que hacía era reproducir lo que recordaba. El pez que se muerde la cola. ¿Qué fue antes, el huevo o la gallina? Paradojas del tiempo, imagino.

Aylish apareció en mi vida cuando más la necesitaba. Fue en el mes de octubre. Ya llevaba seis meses viviendo en esta época y no había día en el que la culpa no me reconcomiera por dentro, al pensar en lo furiosa que estaría Lia; triste por no tenerme a su lado y, encima, sin saber qué fue lo que me había ocurrido.

Empezaba a hacer frío. Como cada miércoles, salí del local a las tantas de la noche y lo primero que hice fue mirar al suelo y colocarme una bufanda negra. Al levantar la vista, la vi. Era poco común ver en la calle a mujeres, ya fueran jóvenes o mayores, al caer la noche, pero Aylish siempre fue una rebelde a la que le tocó vivir en una época que no le correspondía. Ella no lo supo jamás, pero era muy del futuro; 1808 se le quedaba pequeño. Ella hubiera disfrutado con los teléfonos móviles, los ordenadores, el televisor... Se habría llevado bien con Lia, habrían bailado hasta las tantas de la madrugada en alguna discoteca, riendo sin parar. Resulta irónico que me enamorara de alguien así desde el primer momento en que la vi.

Me vio desde la acera contraria y me conquistó de inmediato con esa mirada, profunda, nostálgica y arrebatadoramente magnética, de un poderoso color verdoso. Alrededor de su pupila, cuando observabas sus ojos de cerca, podías ver cómo el amarillo, el color miel y el verde se entremezclaban. Era fascinante, una fusión sensacional.

Nos contemplamos desde la distancia y aunque la música de Bach seguía sonando en el local de los artistas, nada podía distraerme al contemplar la belleza que tenía frente a mis ojos. En el mundo únicamente estábamos ella y yo. Ajenos a todo, nos envolvía un halo de magia y misterio. Un silencio embriagador. Alta y esbelta, lucía su melena negra recogida en un moño y los farolillos alumbraban su aterciopelada piel canela. Tenía veintidós años y se había negado a contraer matrimonio con un ricachón de las afueras veinte años mayor que ella, a pesar de que sus padres creían que era lo mejor para su futuro.

En ese momento no lo recordé, pero mi madre nos había presentado hacía seis meses en la librería de la calle principal de Hartford. Ella lo supo desde el primer momento en que la vio; supo que Aylish sería el gran amor de mi vida, algo que yo no descubrí hasta ese instante. ¡Qué ciego había estado!

Me acerqué. Me temblaban las manos y no podía dejar de mirarla. Ella sonrió e hizo una mueca pícara, encogiéndose de hombros.

—William Norton —saludó. Se acordaba de mí—. ¿Ya no me recuerda, señor Norton? Soy Aylish Adams. Nos conocimos hace seis meses en la librería. Nos presentó una mujer.

—Mi madre —logré decir.

—Pero estaba tan enfrascado hojeando un libro que ni siquiera me miró.

¿Cómo pude no mirarla? Lo cierto es que en las numerosas visitas que mi madre y yo hacíamos a la librería, hablábamos largo y tendido con el librero, que a su vez era editor y, en el futuro, la persona que me ayudaría a publicar mis obras; empezando por la primera novela, en diciembre del año 1808: *El destino de Patrick*.

—No sabe cuánto lo siento, señorita Adams —me disculpé, avergonzado por no haber sabido ver la belleza de la mujer que tenía enfrente mucho antes; por haberme encerrado en mí mismo también en este tiempo y no haber abierto los ojos a lo que de verdad me haría feliz. Lo supe, supe que ella era mi felicidad. Mi todo. No Escorpión y sus novelas... Era Aylish. Mi Aylish.

—Se preguntará qué hago aquí a estas horas, ¿verdad? —Rio divertida—. Demos un paseo, William. Me encantará hablar con usted. Aún no lo sabe, pero va a ser el hombre más importante de mi vida.

No, claro que no lo sabía. Sin embargo, sí sabía que ella sería la mujer más importante de mi vida.

Decidida, Aylish se agarró del brazo con total confianza, como si nos conociéramos desde siempre, y deambulamos durante horas por las calles nocturnas y solitarias de Hartford. Me gustaba que Aylish se acurrucara en mi hombro cuando sentía frío; adoraba sus mejillas sonrosadas y que me mirara con sus dulces y bondadosos ojos, que me sonriera, aunque estuviera hablando de uno de los dramas de su vida.

—Mis padres me han desheredado —me contó—. No quiero volver a casa, William. Ya no... Maldigo esta época y sus costumbres. Maldigo que quieran verme casada con un hombre al que no amo, únicamente por su poder. ¿Sabe qué quiero, William? Quiero huir. Desaparecer. No quiero que me digan que a los veintidós años debo estar casada y tener hijos. No quiero que me impongan reglas que tenga que cumplir por el hecho de haber nacido mujer. Me gusta leer y escribir, sin embargo odio la cocina y bordar. Me gustan los niños, pero quiero tener hijos con alguien a quien ame. Querría casarme, claro..., pero con el hombre que logre colmar mi corazón.

Me miró fijamente a los ojos. En ese momento, los suyos brillaban de una manera especial y sentí que me iba a estallar el pecho. Los veloces latidos y un cosquilleo en el estómago se apoderaron de mí. Cuando un hombre ama a una mujer, lo sabe desde el primer momento en que la ve.

—Venga conmigo, Aylish —le propuse. Esas dos palabras salieron solas de mi boca, como por arte de magia.

—Eso es justo lo que quería escuchar de usted, señor Norton —repuso ella—. Pero es extraño, ¿no le parece? Apenas me conoce. No sabe nada de mí. Sin embargo, yo sé que cada miércoles a las cuatro de la tarde se reúne con otros escritores y pintores, sé que es un romántico empedernido y que aprecia cada segundo de su vida. Me gustaría conocer sus anhelos e inquietudes y también su historia. Quiero saberlo todo de usted. No ha sido casualidad que nos hayamos encontrado en mitad de la noche, señor Norton... —dijo misteriosamente—. Desde hace tres meses, cada miércoles a las once de la noche le he esperado en la acera de enfrente, pero nunca me ha visto. Y hoy sí. ¡Milagro! Y he sido la mujer más feliz del mundo. Quizá le parezca descarado e impropio de una señorita, lo sé... No quiero que piense que soy una loca que va detrás de los hombres. ¡Válgame Dios! Yo no soy así. Pero en cuanto lo vi en la librería, tan concentrado con aquel libro y hablando amablemente con el librero, tuve un presentimiento. El presentimiento de que viviríamos la historia de amor más bonita de todos los tiempos. Y así será si usted quiere, William.

Había encontrado a una mujer que hablaba más que Lia, que preguntaba más cosas que mi hermana. Pero no me molestaba, al contrario. Sabía que con ella todo sería fácil y que yo, un hombre de pocas palabras, encajaba a la perfección con Aylish, a la que le encantaba hablar. Me gustó su descaro, su sinceridad y picardía. Me enamoré profundamente de todo su ser.

—Entonces... —empecé a decir—, ¿esto es normal? ¿Una persona puede enamorarse de otra en tan solo un minuto?

—Y a veces en un segundo —respondió.

Se puso de puntillas, acarició mi nuca y me besó. Y el mundo desapareció. ¡Desapareció! Solo existían los labios de Aylish besándome con dulzura, buscando los míos con una necesidad arrebatadoramente pasional. Sentí el amor de una desconocida a la que parecía conocer desde siempre. Sentí que mi largo viaje en el tiempo hasta el siglo XIX, en el que había decidido quedarme, había sido única y exclusivamente para besar esos labios y encontrar al fin el lugar que desde siempre había buscado.

LIA

Abril, año 1813

Las lágrimas, agitadas, recorrían mis mejillas sin que apenas me diera cuenta después de conocer el inicio de una historia que, estaba segura, había marcado a mi hermano. Will estaba cansado y triste al hablarme del momento en el que conoció al amor de su vida. Maravillosos momentos que no volverán y que uno debe conformarse con mantenerlos en su memoria. Qué difíciles son a menudo esas «primeras veces». Pero cuando son así de inolvidables, lo difícil llega cuando sabes que no volverá a haber una primera vez. No poder repetir un primer beso, una primera caricia, o no volver a saber qué se siente con esa curiosa primera mirada, duele. Duele en lo más profundo del alma.

—Will, qué profundo te has vuelto —bromeé, intentando hacerle reír. Pero no lo conseguí.

Le di un vaso de agua. Sus labios estaban agrietados y amoratados. Negó con la cabeza, sonrió tristemente y me miró de nuevo con esos ojos que parecían decirme: «Me muero. La vida poco a poco me está abandonando».

—Espero que encuentres un amor así, Lia. Como el que tuvimos Aylish y yo. Te habrías llevado tan bien con Aylish, era tan parecida a ti... Gracias a ella te he extrañado un poquito menos.

—Vaya, no sé si eso es halagador o no. —Sonreí.

—Tú ya me entiendes... Sabes cuánto te he echado de menos.

—Lo sé, Will. Y yo a ti. Tú has sido la razón de que haya venido hasta 1813, no creas que lo haría por cualquiera. —Esta vez sí que le hice reír; solo un poquito, porque hasta reír le dolía. Se tocó el abdomen e hizo una pequeña mueca de dolor. Tosió durante unos segundos—. Descansa. Luego me sigues contando, ¿vale?

—Si la Parca no viene antes... —murmuró.

Justo entonces, Lia entró por la puerta con Patrick; llevaba en la mano un gran ramo de coloridas flores silvestres que inundaron el dormitorio de un aroma embriagador. La pequeña era un soplo de aire fresco. Cuando ella aparecía, todo cuanto había a su alrededor se iluminaba, e incluso la muerte parecía menos tétrica. Menos triste. Y Will, menos apagado y fatigado. Esa niña le alargaba la vida, le hacía inmensamente feliz.

—¡Papi! ¡Papi! ¡He estado cogiendo flores con el tío Patrick, y mira todas las que te he traído! —exclamó, subiendo con dificultad a la cama para estar al lado de Will, que sacó fuerzas de donde no las tenía para lucir la mejor de sus sonrisas.

—Son preciosas, Lia —dijo Will, estrechando a la pequeña entre sus huesudos brazos.

Qué poco quedaba de mi hermano.

De nuevo, ese nudo en la garganta que tan bien conocía y tanto me angustiaba. Miré a Patrick, que intentaba mantener la compostura aunque, al igual que yo, tuviera unas tremendas ganas de llorar y sacar a relucir toda la tristeza que sentían nuestras almas. Will asintió, con el cabello lacio y dorado de la pequeña pegado a su rostro, y sus ojos llorosos me dijeron: «Lo vas a hacer bien, Lia. Vas a ser la mejor madre para mi hija. La madre más maravillosa del mundo. Todo irá bien, pequeña».

Patrick y yo salimos del dormitorio dejando a la pequeña Lia con su padre. Apoyé mis manos en la mesa y exploté. Exploté de rabia y de dolor. En esos momentos, de nada servía pensar que debía mantenerme fuerte por ellos dos. La inminente muerte de mi hermano me estaba destrozando y ni siquiera el tiempo que me quedaba con él podía hacerme sentir mejor. Las fuertes manos de Patrick se posaron sobre mis hombros, tranquilizándome. Me abracé a él con fuerza y desesperación. Su corazón latía deprisa, sabía que a él también le dolía el alma.

—Si le sirve de consuelo, Lia..., nadie es eterno. Algún día nos volveremos a reunir. No sé qué habrá después de la muerte, pero tengo fe. Y sé que todas las almas que se han amado en la tierra algún día volverán a estar juntas en algún otro lugar —dijo dulcemente, logrando calmar mi llanto.

—Will es mi alma gemela, ¿sabes?

—Lo sé. Me lo dijo un día —afirmó, sonriendo tristemente.

Capítulo 9

William

1808

Después de ese primer beso nos dimos cuenta de la hora que era: las tres de la madrugada. ¡El tiempo había pasado volando! No había una sola luz, incluso algunas farolas se habían declarado en huelga y habían dejado Hartford en la más absoluta oscuridad. Caminar a las tres de la madrugada del siglo XXI por Nueva York era normal. Caminar a las tres de la madrugada del siglo XIX por Hartford no lo era. Si nos hubieran visto, habrían pensado que estábamos locos y que Aylish era una mujer de vida alegre.

Fuimos caminando hasta casa. Subimos por la colina, Aylish un poco fatigada por la falta de costumbre. Por la amplia sonrisa que mostró, supe que el que se convertiría en nuestro nido de amor le pareció acogedor y le gustó desde el primer momento. También su entorno, su amplio valle, sus increíbles vistas a las altas montañas y a los edificios del centro de Hartford. Y al igual que le pasó conmigo, tuvo un flechazo con el sauce llorón del prado. Se enamoró de él.

Aylish procedía de una importante aunque problemática familia de Hartford. Digo «problemática» porque el padre de Aylish, el señor Anthony Adams, se había enamorado de la criada de sus padres, Mary Jones, una atractiva mulata de diecisiete años, lo cual se convirtió en el chismorreo de la época entre los miembros de la alta sociedad. Los abuelos de Aylish se interpusieron en esa relación, pero Anthony no se resignó fácilmente y los amenazó. No le temía a nada, era un joven valiente e inconsciente de veinte años que renunciaría si hacía falta a toda una vida de comodidades por amor. Así que la criada y el gran señor Adams unieron sus vidas y, fruto de ese amor, nació Aylish; del amor verdadero de una pareja que tuvo que luchar contra viento y marea por su relación, algo que confundió a Aylish cuando anunció a sus padres que ella también quería casarse cuando realmente se enamorara. Pensó que ellos la apoyarían, especialmente su madre, que antes de convertirse en la señora Adams era la criada de la casa familiar. Sin embargo, no tuvo el apoyo de nadie, algo incomprensible. Cuando me lo contó, temí el momento en que el señor Adams pudiera presentarse en casa y Aylish se rindiera y se fuera con él. O que me amenazaran y me hicieran la vida imposible. Sí, podría hacer cualquier cosa por amor, por Aylish. Cuando estaba con ella era fuerte, me sentía capaz de todo. Ella me daba las ganas de vivir.

No obstante, con el paso de los días me di cuenta de que nada de lo que había imaginado desde que Aylish me confesó sus antecedentes familiares sucedería. Los Adams se avergonzaban de su hija y no querían saber nada de ella. Yo sabía que, aunque no quisiera aparentar que le dolía, la realidad era bien distinta. Le dolía en el alma ver cómo su familia la había repudiado de una manera tan cruel. Más adelante nos enteraríamos de que el desplante que le hizo al hombre con el que sus padres la obligaban a casarse provocó importantes pérdidas en la fortuna de los Adams. Nunca se lo perdonaron a la pobre Aylish, pero logré lo que esta sociedad reprimida no había logrado: hacerla feliz.

Dormimos juntos desde la primera noche y nos levantamos muy tarde. La sensación de despertar a su lado, contemplarla mientras dormía y saber que esa mujer me había entregado su corazón sin conocerme realmente, me dio todo cuanto había deseado en la vida. Alguien con quien compartir el camino, aunque el camino finalmente resultara mucho más corto de lo esperado.

Así pues, Aylish y yo iniciamos una bonita relación. Una relación que con el paso de las semanas se fue consolidando. Mirarla a los ojos era descubrir un mundo fascinante a través de ellos. Conversar con ella era una gozada, nos entendíamos bien. No le importaba que a menudo me pasara las noches en vela escribiendo o que me sumergiera en mi mundo silencioso... Es más, le gustaba verme sentado bajo el sauce llorón reflexionando. Ella nunca supo que había viajado en el tiempo y había dejado atrás a una hermana a la que quería con toda mi alma. Le hablé de Lia, pero me inventé una vida distinta. Ubiqué a mi hermana en Londres y le decía que no había un segundo de mi vida que no la echara de menos. Ella me abrazaba y el dolor de la ausencia de Lia, mi Lia, se empequeñecía un poquito.

Me permitía seguir asistiendo a las reuniones de los miércoles por la tarde. Era la mujer con la que siempre había soñado e, inevitablemente, la convertí en la protagonista femenina de todas mis novelas, de aquella de la que me había enamorado en el futuro, conociéndola a través de las palabras que creía que eran de otra persona e imaginándola. Era maravilloso que Aylish ya no fuera fruto de mi imaginación. Era real. Podía besarla, acariciar su piel... Nuestra relación ganó en intensidad y cada noche hacíamos el amor. Las tormentas de verano pasaron a un segundo plano, puesto que mis instantes preferidos eran cuando estaba con ella, cuando, desnudos en la cama, nos entregábamos al amor y a la pasión.

Aylish era divertida y adoraba contemplar todos y cada uno de los atardeceres bajo el sauce llorón. Como a Lia. Era un desastre en la cocina y no sabía coser un botón, pero era inteligente y me ayudó a desarrollar las dos primeras obras de Escorpión. También se llevaba muy bien con tío Patrick. Se adoraban, pero nunca llegó a entender cómo era posible que mi tío fuera tan joven, casi de mi edad. Nunca le conté que yo procedía del futuro. ¿Se lo hubiera creído? Imagino que sí, y supongo que si hubiera estado más tiempo entre nosotros, se lo habría acabado contando. Eso sí, me habría hecho mil preguntas sobre el futuro.

Ella también me preguntó en una ocasión qué era para mí el amor. Y yo, pensando en mi hermana, respondí con una triste sonrisa: «El amor es cuando tú me robas cada día mi trozo de chocolate del almuerzo y, aun así, yo sigo dejándolo en el mismo sitio para ti diariamente».

Lloró. Aylish lloró.

Dos meses después, en diciembre de 1808, se quedó embarazada. Fueron los nueve meses más felices de nuestra vida, sin sospechar que serían los últimos. Yo me pasaba las noches en vela acariciando su vientre, mirándola fijamente a los ojos y diciéndole cuánto la quería. Había sido la suerte de mi vida. Mi largo viaje en el tiempo había merecido la pena solo por ella.

—Será niña. Y tendrá tus ojos azules —me dijo, ilusionada.

—Y tu piel canela —le dije yo, acariciando su rostro.

—¿Qué nombre te gusta, William?

—Lia...

—¿Lia? ¿De dónde procede? —preguntó, frunciendo el ceño.

No supe explicárselo. Me encogí de hombros y ella, pensativa, sonrió.

—Rosalía —dijo—. Debe de proceder de Rosalía. Pero me gusta más Lia.

—Lia... —susurré pensando en mi hermana.

***

El 9 de septiembre de 1809 quedaría grabado en mí como el día más feliz y el más trágico de mi vida. En cuanto Aylish empezó a sufrir las primeras contracciones, Patrick fue en busca de la comadrona, pero no llegaron hasta dos horas más tarde. Durante ese tiempo, que se me hizo eterno, no pude hacer nada por salvar y aliviar el dolor de Aylish. Su dolor era insoportable, empezó a desangrarse y yo, sin saber qué era realmente lo que estaba haciendo, saqué de su interior a Lia. Y mientras la pequeña lloraba desconsoladamente, con el cordón umbilical aún unido a su madre, Aylish dio su último suspiro. La vida y la muerte a la vez. La felicidad y la tristeza en un solo segundo. Con ella se fue mi alma.

Aylish nos miró fijamente con lágrimas en los ojos, sabiendo que no podría disfrutar ni un minuto más de nosotros. Y aún puedo recordar su sonrisa al ver a su pequeña..., al ver que no había heredado su tez color canela, ni su cabello oscuro... Después, se fue. Sin más.

Lia y yo lloramos desconsoladamente; ella, por el traumático momento de llegar al mundo, y yo, por haber perdido mi mundo, por sentirme desamparado, por no saber qué sería de mí a partir de ese momento. Me negaba a soltar la mano de Aylish, me negaba a dejarla ir, pero lo cierto era que ya se había ido muy lejos.

Cuando Patrick y la comadrona llegaron, ya era demasiado tarde. Yo aún tenía en brazos a la pequeña desnuda unida a Aylish.

La comadrona cortó el cordón umbilical y lavó a la pequeña, mientras yo, al lado del cadáver de mi gran amor, no podía sentir felicidad por el alumbramiento de nuestra hija. Patrick, a mi lado, lloró también desconsoladamente. Fue él, el tío Patrick, quien se encargó de Lia en sus primeros meses de vida, por eso se quieren con locura. Yo, sin embargo, estuve durante meses aislado del mundo, ausente. Solo escribía. Escribía sobre Aylish, soñaba con ella, me sentaba bajo el sauce llorón para poder sentirla más cerca. Nunca creí en los fantasmas hasta ese momento. Ella se convirtió en una poderosa presencia que influía en mí y en mi día a día, pero no de manera positiva, sino negativa, porque no podía dejarla ir... o ella no se quería ir. Y mi mente estaba nublada. Mi corazón roto y mi alma en otro lugar.

***

Cuando Lia cumplió un año, me di cuenta de que debía estar con ella, que la vida seguía por y para ella. Fue un regalo de mi breve pero intensa historia con Aylish... Esas historias de amor, las más breves y más tristes, son también las más hermosas. Ella presentía que viviríamos la historia de amor más bonita de todos los tiempos, tal y como me dijo la primera noche que el destino nos unió, aquella en que el frío hizo que mirara al frente y me encontrara con sus ojos. Y tenía razón.

Poco a poco me fui recuperando y disfruté de todos y cada uno de mis días junto a la pequeña Lia. Patrick iba y venía; nunca le preguntaba qué era lo que hacía cuando no estaba con nosotros. Era —y siempre será— un espíritu libre. Al principio, Lia solo quería estar con él, pero luego me gané su amor, su confianza y su lealtad. Mi hija siempre me ha recordado a mi hermana y a Aylish. Tiene cosas de las dos, aunque físicamente no hay lugar a dudas de que es una mini-Lia. Qué curiosa es la genética. Gracias a su carácter, Aylish me ayudó a extrañar un poco menos a Lia, y en mi hija veía a mi pequeña hermana preguntándome qué era el amor.

Seguí escribiendo y publicando, aunque dejé de reunirme cada miércoles con los pintores y escritores de Hartford. Apenas me relacionaba con nadie, solo con Patrick y con mi hija. Amor infinito por ella.

Lia

Abril, año 1813

No podía dejar de llorar por lo injusta que había sido la vida con mi hermano. Cuando al fin había encontrado el amor, este, en un acto tan valiente y generoso como el de alumbrar una nueva vida, fallece en sus brazos. La sola idea de imaginar la escena tras el triste relato de Will y ver el profundo dolor que le transmitía ese recuerdo, hacían que me sintiera mal conmigo misma por no haber estado ahí, con él, igual que Will había estado a mi lado durante la mayor parte de mi vida. Me recriminaba no haber encontrado el portal mucho antes.

Will me miró exhausto; no podía con su alma; y yo, en el fondo, sabía que el final estaba muy cerca.

—Hace unos meses —continuó diciendo—, empecé a encontrarme mal, Lia. Vinieron un par de médicos, pero ninguno ha sabido decirme qué es lo que tengo. Aunque no hace falta; es un cáncer de pulmón que se ha extendido por todo mi cuerpo. Metástasis. No puedo con el dolor... y no hay nada en esta maldita época que pueda aliviar mi sufrimiento. Esta ha sido mi vida, Lia; difícil como la tuya. A lo mejor piensas que mi breve amor con Aylish no fue el más bonito de todos los tiempos, sino el más triste, pero yo he aprendido a verlo todo de otra forma. Todos los recuerdos y los momentos que me dejó; todo el amor que me entregó sin pedir nada a cambio; cada una de sus sonrisas, sus miradas, nuestros besos y nuestros susurros. Cada noche, cada atardecer... valen por mil vidas. Mereció la pena, Lia.

—Will...

—Aylish viene a verme en sueños —me interrumpió, sin dejar que yo, atragantada por las lágrimas, pudiese hablar—. A veces se sitúa a los pies de mi cama y me dice que pronto llegará la hora de irme con ella. No sé si son alucinaciones o es real, pero yo sí creo en los fantasmas. Y cuando me vaya, no quiero que me retengas. Déjame ir... Déjame volar libre, Lia. No vivas con fantasmas porque eres la encargada de una misión. Sí, sí, de una misión muy peliaguda, Lia. Una misión en la que no tienen cabida los fantasmas. Cuida de mi pequeña. Guía sus pasos y disfruta de cada momento de su infancia, su adolescencia y madurez. Acompáñala en el viaje... Te veo a ti y no puedo evitar ver a la mujer en la que se convertirá mi hija. Incúlcale buenos valores y asegúrate de que siempre, haga lo que haga, decida lo que decida..., sea feliz. Deja que se tropiece, que se equivoque, que caiga una, dos, mil veces..., las que haga falta. Que sea fuerte y valiente, libre y poderosa. Y cuando te pregunte qué es el amor, ya sabes qué responderle.

—No... Will... Aún no, por favor... Aún no... No te vayas —repetí y supliqué una y otra vez desesperadamente. Pero a Will siempre le ha gustado llevarme la contraria en todo. Él es el hermano mayor, y como siempre me decía: «A los hermanos mayores hay que hacerles caso».

Me echó una de esas miradas que lo dicen todo, aunque entonces no tuvieran nada bueno que decirme. No para mí. Para él, quizá sí... El dolor desaparecería, la oscuridad se apoderaría de él solo un instante y después... la bella luz. La eternidad.

Sonrió y asintió. Miró al frente y se le iluminaron los ojos. Apretó mi mano fuerte, muy fuerte. Estaba viendo a Aylish; había venido a llevárselo con ella. Acaricié su pálido y frío rostro, y Will, con una mochila a su espalda cargada de felicidad y sobre todo de mucho amor, se fue en paz. Mi alma gemela se fue, y una parte de mí lo hizo con él.

Contemplé su rostro sin vida durante unos instantes. Hay algo que no te dicen nunca: cuando ves morir a alguien a quien has querido, te resulta doblemente doloroso, porque lo que pasa delante de tus ojos no es una, sino dos vidas que recorrieron juntas una parte del camino.

«Sus ojos azules, casi transparentes, no volverán a contemplar una tormenta de verano. No volverán a mirarme con infinito amor... Eso ya solo existe en mi recuerdo. En el pasado. Hasta el fin de mis días», pensé.

Con lágrimas en los ojos acepté el hecho de que la muerte forma parte de la vida y que debía dejarlo ir, que volara junto a Aylish, su gran amor, el gran amor que tuvo la fortuna de encontrar. Ahora eran el uno del otro, de nadie más.

Will ya no estaba dentro del cuerpo que había ocupado para dar un paseo por la tierra, para ser mi hermano y ocuparse de mí tantas veces. Su rostro ya no expresaba el dolor del sufrimiento de la maldita enfermedad que lo había consumido hasta el final. Todo en él era paz, transmitía calma..., como si estuviera profundamente dormido. Sí. Sí creí en los fantasmas, porque en el preciso instante en el que me levanté, sentí una caricia en mi hombro.

«Hasta siempre, Will. Gracias por los trocitos de chocolate que siempre me dejabas. Gracias por cada momento, por todo. Gracias a ti supe qué es el amor. Cuidaré de tu hija y haré que te sientas orgulloso de la mujer que algún día será. Buen viaje, alma gemela. Guárdame un pedacito de cielo».

Cubrí su rostro con la vieja sábana y, sumida en una profunda tristeza, salí del dormitorio. El cielo me regalaba un atardecer. Respiré hondo y me senté en la hierba, debajo del sauce llorón. Él lloraba conmigo, agitando sus ramas lentamente, calmando mi dolor. Pocos minutos más tarde llegó Patrick. Lia, aupada en sus brazos, lo miraba embelesada y le sonreía feliz. No hizo falta decir nada. Patrick me miró y supo que Will se había ido. Miró a la pequeña, ajena al trágico momento, y lloró. Patrick lloró hasta que no le quedaron lágrimas, abrazado a Lia, que aún era demasiado pequeña para entender qué era lo que había pasado.

***

Will fue enterrado junto a la tumba de Aylish el 20 de abril de 1813, en una ceremonia íntima en la que solo acudimos Patrick, Lia y yo. El cielo estaba nublado tal y como le gustaba a él. No caería una tormenta de verano, sino una de primavera, y de veras esperé que se conformara con eso a modo de homenaje.

Me negué a que el año de su nacimiento que había de figurar en la lápida fuera ficticio. Las personas que la vieran seguramente creerían que fue una confusión. Me daba igual.

William Norton
1980-1813
Amado viajero que
descansa en paz junto a
Aylish, su gran amor

Recordé el momento en el que observaba el féretro de mamá bajar hasta las profundidades de la tierra en un futuro muy muy lejano, con Will a mi lado; luego nos fuimos a tomar café, y después él desapareció. En ese instante me encontraba junto a mi tío Patrick y una desconsolada Lia, más frágil y pequeñita que nunca, observando tristemente cómo el cuerpo de mi hermano yacería bajo tierra para siempre. En mi mente resonaban las palabras de Will, todo lo que me había explicado. Toda una vida, varias vidas: la de mamá, la suya, la de Aylish... Apenas podía creer que todo eso fuera verdad. Aún seguía pensando que me despertaría de ese sueño; que Patrick y la pequeña Lia no existían; que Will seguía vivo, en Brooklyn..., sin encontrar su lugar en el siglo XXI, y que mamá era simplemente la «madre ausente», ausente por el motivo que fuera, desconocido por sus hijos: una enfermedad, un brote de locura...

El sepulturero cubrió de tierra el agujero en el que reposaba el ataúd y, frunciendo el ceño, colocó la lápida de piedra. No preguntó nada, pero supe qué era lo que estaba pensando. «¿1980? ¿1980? Analfabetos...». Algún día iría al Hartford del siglo XXI a visitar la tumba de mi hermano. Y la de Aylish también, por supuesto. Las imaginaba abandonadas, sucias y cubiertas de una hiedra misteriosa que, en el caso de la de mi hermano, ocultaría sus letras y, por lo tanto, también su secreto. Viajes en el tiempo. La locura de vivir. La magia... siempre fascinante. Ocurre pocas veces, pero cuando ocurre, marca para toda una vida.

Era el momento de partir hacia North Haven y encontrar el portal del tiempo que nos llevaría a mi sobrina y a mí de vuelta al caluroso agosto del año 2012. Cuando Lia se durmió, después de un día agotador en el que no había dejado de llorar y de hacer preguntas sobre dónde se había ido su papá, Patrick y yo nos sentamos al pie del sauce llorón a contemplar las estrellas, acompañadas de una luna menguante profunda e hipnótica. Cabizbajo, al tío Patrick se le veía muy triste y preocupado.

—Puedes estar tranquilo, cuidaré muy bien de ella —le dije.

—No es eso, Lia. Sé que la cuidará y que la protegerá de todo mal, pero yo no la volveré a ver. Eso es lo que más me angustia.

—¿Recuerdas lo que me dijiste? —Sonreí—. Las almas que se han querido vuelven a estar juntas en algún lugar. Algún día volverás a ver a Lia, seguro.

—Lo sé, pero hasta entonces... —se lamentó—. Incluso me he planteado viajar a su año, pero no creo que sea conveniente; además, tal y como le dije una vez, hay que tener agallas.

—Si no fueras mi tío, te arrastraría hasta el año 2012, te lo aseguro. —Mi comentario le hizo reír—. En serio: Lia te va a echar mucho de menos. Y yo también, tío Patrick.

De nuevo lágrimas. ¡Como si no hubiéramos derramado suficientes ya! Esa sería una de mis últimas noches en el siglo XIX. Aún faltaban días para que el portal del tiempo se cerrara hasta dentro de cinco años, pero no queríamos ir con el tiempo justo. A mí no me apetecía quedarme en esa época. Tres días de viaje a lomos de *Escorpión* hasta North Haven. Tres días, y Lia y yo estaríamos muy lejos de Patrick. No lo volveríamos a ver, pero disfrutaríamos de cada momento junto a él.

***

Abandonamos la ciudad de Hartford de madrugada, mucho antes de que amaneciera. Supe que la próxima vez que visitara la ciudad, estaría repleta de coches, motos, contaminación y altos edificios que habrían sustituido a los antiguos de dos o tres plantas, con su encantadora y elaborada arquitectura gótica. Vaqueros, faldas con poca tela, cómodas camisetas, deportivas y zapatos de tacón en lugar de vestidos, enaguas y pamelas. Moños deshechos a la moda en vez de trabajados peinados, y cigarrillos en vez de puros. Charlas por teléfonos móviles en vez de tertulias sobre pintura y escritura en cualquier local con encanto, y pasos frenéticos en lugar de calmados paseos.

Cruzamos prados interminables y descansamos en frondosos bosques. *Escorpión* sorteó con éxito enclenques puentes y volví a temer el aullido del lobo. Patrick se reía de mí, y yo con él; Lia, por su parte, disfrutaba de la presencia de ambos. La pequeña hablaba menos, pero no volvió a llorar ni a preguntar por Will. Temí que le hubiera quedado algún trauma y sabía que el viaje en el tiempo podría trastornarla. Pero esperaba que no fuera así. Continuaba rezando a ese Dios en el que no creía para que mi sobrina fuera una niña normal y corriente y se adaptara sin problemas al siglo XXI, tal y como había hecho mi madre en los años sesenta.

No olvidaré la profunda conversación que tuve con Patrick en nuestra última noche. Como siempre, desapareció un instante para ir a cazar un delicioso conejo, que luego asaría en una hoguera que él mismo prepararía con sus fuertes y hábiles manos. Observé a Lia. Veía cómo miraba a su tío y se me cayó el alma a los pies. Era muy probable que le doliera más la ausencia de Patrick que la de su propio padre... Al fin y al cabo, él fue quien pasó los primeros meses de vida junto a la pequeña, y son esas las cosas que, aunque no se recuerden, unen y le marcan a uno el resto de sus días. Lia se durmió al lado de *Escorpión*, que más que un caballo parecía un perrito dócil al que le encantaban los niños. Arropé a Lia y me senté frente al fuego junto a Patrick. Lo que había sido deseo y un irresistible atractivo sexual hacía unos días, ahora era cariño. Respeto, familiaridad. Mi hogar.

—Me hiciste una promesa, Patrick. No la rompas, ¿vale? —le dije sonriendo pícaramente.

—Será lo primero que haga, Lia —respondió—. La vida es frágil... Nadie sabe qué día dejará de respirar, así que intentaré conseguir el amor de Glenda. Gracias a los viajes en el tiempo he descubierto algo —añadió.

—¿El qué?

—Tantos siglos, tantos mundos, tanto espacio y coincidir... ¿Por qué? ¿Por qué unas almas sí y otras no? ¿Por qué unos vienen en un tiempo y otros en otro?

—No hay respuesta para eso, tío Patrick. Y tampoco necesitamos respuestas para todo. Yo me he dado cuenta de otra cosa. Todo ser humano, proceda de la época de la que proceda, solo desea dos cosas: amor y felicidad. La felicidad según los gustos, claro... Los habrá que serán felices teniendo hijos, otros viajando, los habrá que prefieran que la fortuna les sonría o conseguir el trabajo de sus sueños, y algunos se conformarán con cazar conejos... —Reí—. Pero el amor..., el amor es de todos y para todos igual. Espero que tu vida sea feliz, Patrick. Que Glenda te elija. Nunca sabré cómo fue; me iré y tú hará años que habrás muerto. No sabré si cumpliste tu promesa.

—Lo sabrá, Lia. Le juro que lo sabrá.

—¿Cómo? —pregunté, frunciendo el ceño.

—Fíjese a su alrededor... Fíjese mejor. Sea observadora, no se limite a mirar lo que tiene enfrente —respondió con un halo de misterio muy similar al de nuestros primeros días, cuando aún no tenía ni idea de adónde me llevaría esta aventura.

***

159

Escorpión galopaba con rapidez y energía. Yo contemplaba hipnotizada por última vez el plácido e inmenso cielo del siglo XIX. La virginidad de sus campos, las tierras que no habían sido aún corrompidas por el ser humano y los árboles que en mi época ya no existían.

Al atardecer llegamos a lo que sería North Haven en el futuro. Patrick conocía el punto exacto en el que se encontraba el portal del tiempo que mi sobrina y yo tomaríamos para irnos de este mundo y llegar al que me pertenecía a mí. Me sentía egoísta al llevarme a la pequeña, nadie le había preguntado si era eso lo que deseaba, si quería separarse de su tío Patrick... Pero apenas tuvimos tiempo de decir nada. Los cuatro cazadores de brujas se acercaban galopando en sus flamantes caballos, nos pisaban los talones y lo que menos me apetecía era volver a enfrentarme a ellos y a sus armas de fuego del año 1805. Cada vez los teníamos más cerca, gritando como alma que lleva el diablo: «¡Brujería! ¡Brujería!».

—No hay tiempo —se apresuró a decir Patrick, ayudando a la pequeña Lia a bajar del caballo y estrechándola por última vez entre sus brazos.

—Patrick, un placer haber coincidido en esta vida —dije yo, cogiendo a Lia entre mis brazos. La pequeña nos miraba confundida, sin entender la situación.

Luz. El prado se inundó de luz sin que apenas pudiéramos ver algo más a nuestro alrededor, y el cielo azul se nubló de repente. De pronto, la espiral negra hizo acto de presencia. Desprendía un frío aterrador y daba vueltas sobre sí misma, exactamente igual a como lo recordaba cuando la vi por primera vez.

Sí, había que tener agallas para entrar ahí.

—¡Corran, corran! —gritó Patrick, subiendo a lomos de *Escorpión*, que una vez más parecía sonreír, despidiéndose de nosotras.

—Prométemelo. Prométemelo —repetí con lágrimas en los ojos.

—Se lo prometo, Lia. Tengan una feliz vida en el futuro. ¡Las quiero, pequeñas!

Me adentré junto a Lia en el agujero, y vi una última imagen: mi Tristán particular, mi forzudo y sensible tío Patrick, con el rostro desencajado, roto de dolor. Escuché un último sonido: los cuatro cazadores de brujas gritando y acercándose rápidamente al galope hacia la luz. Y formulé un último deseo: «Que no le hagan nada a Patrick. Que viva felizmente su historia de amor con la bella Glenda».

Lia & Lia

Agosto, año 2012

De nuevo, oscuridad. Aferrada al pequeño cuerpo de Lia, volví a sentir que mi alma se desprendía de mi cuerpo. Estaba en el limbo, contemplando un sinfín de imágenes históricas; pero el portal, por alguna razón, también me estaba ofreciendo imágenes de lo que habían sido mis días en el siglo xix. En ellas aparecía Patrick y William y..., y... ¿Mamá?

Mi pequeña Lia... Estoy tan orgullosa de ti... Orgullosa de tu valentía y de tu amor hacia tu hermano y tu sobrina. Deseo que me perdones. Deseo que seáis muy felices.

Su voz aterciopelada envolvió y calmó todo mi ser. No pude sentirlo, pero sé que lloré cuando el rostro de mamá, poco a poco, se fue desfigurando hasta desaparecer del todo en medio de la nada del portal del tiempo, que tan bien había conocido.

No podía articular palabra. Mi única preocupación era que mi sobrina estuviera bien protegida entre mis brazos, aunque no los sintiera. De hecho, no sentía ninguna parte de mi cuerpo.

De pronto hubo un estruendo, y me vi tumbada en un viejo suelo de madera con la pequeña Lia dormida encima de mí, bien aferrada a mi cintura. Entonces descubrí que había vuelto a la buhardilla de la mansión de North Haven. Y ahora conocía toda su historia. Sabía que ahí mismo, la auténtica viajera del tiempo había aparecido en el año 1964 y que la propietaria real de la mansión, que siempre creí que era nuestra ama de llaves, había cuidado de ella, lo mismo que yo cuidaría de mi sobrina, que aún desconocía todo sobre el mundo en el que acababa de aterrizar.

—Lia... Lia... —susurré, acariciando su sedosa melena rubia.

Poco a poco, abrió los ojos. La luz había desaparecido y, con ella, la aterradora espiral. Había regresado a la buhardilla donde Will y yo pasamos una infancia feliz. Si esas cuatro polvorientas paredes hablasen...

La niña, aún aturdida, echó un vistazo a su alrededor. Ella nunca había estado en esa casa, no tenía ni idea de dónde se encontraba. Yo temía por ella, por las sensaciones que tendría cuando se enfrentase a un lugar tan diferente del que procedía. Me resistía a salir de esas cuatro paredes, que el paso del tiempo había vuelto amarillas, y darle a conocer un mundo que ella no había elegido, pero que, por destino, le tocaría vivir. Con los ojos muy abiertos, parecía no querer perderse ni un solo detalle de lo que había a su alrededor. Todo era nuevo, una aventura. Yo, tras cerciorarme de que Lia estaba bien, descubrí lo inesperado: los libros de Escorpión. Esa colección especial que mi madre se aseguró de que acabara en manos de un joven Will que aún desconocía su destino. Acaricié los tomos uno a uno, con una cubierta de piel de color azul oscuro y letras grandes y doradas. Recorrí rápidamente las páginas amarillentas y gastadas que Will tanto amó y me las llevé conmigo. Cogí a Lia de la mano, bajamos la escalera de la buhardilla y entramos en el estudio de mi madre. Me llevé todas y cada una de las fotografías que nos había hecho a Will y a mí desde la distancia. A continuación, salimos de la casa. El cielo estaba completamente nublado; se avecinaba una bochornosa tormenta de verano.

Miré por última vez el coche de Will. La chaqueta gris que no se pondría, el libro que ya no leería y los cigarrillos que nunca fumaría.

—¿Dónde estamos? —preguntó Lia, desconcertada.

—Lia, mi amor… —Me agaché junto a ella al notar que estaba temblando—. Hemos viajado en el tiempo, y a partir de ahora vivirás conmigo en Nueva York.

Me esforcé en imprimir ternura maternal en la expresión de mi rostro y en mis palabras, por temor a asustarla o a causarle un impacto sobrecogedor. Aun así, ella seguía temblando y me agarró fuerte por las piernas sin querer separarse de mí durante un buen rato.

—Pequeña, todo irá bien —le dije, acariciándole el cabello—. Estarás a salvo. Yo te protegeré.

—No me dejes —dijo, y empezó a llorar.

Diez minutos más tarde, adormilada en mis brazos, me preguntó:

—¿Nueva York es muy grande?

—Sí —respondí con una sonrisa—. Y desde la terraza donde vivirás se pueden ver todas las estrellas.

—Me gustan las estrellas, tía Lia —dijo con los ojitos entrecerrados y la voz melosa. Will y Patrick eran de tormentas de verano; yo, de atardeceres, y mi sobrina, de estrellas. Cada alma tiene sus preferencias, no se sabe por qué—. ¿Dónde está tío Patrick? —preguntó entonces.

¿Qué podía decirle? ¿Que no volvería a verlo? Opté por no

Lorena Franco

mentir, pero también por decirlo de la manera más suave posible
para no hacerle daño:

—Tío Patrick se ha tenido que quedar con *Escorpión* en un
tiempo muy lejano. Ya sabes que son muy amigos y...

—Y no puede dejarlo solo —me interrumpió asintiendo, acariciando mi cara con su manita—. Lo sé. Pero te quedarás conmigo,
¿verdad?

—Toda la vida, pequeña. Te lo prometo.

Lia entonces apoyó la cabeza sobre mi hombro y se quedó dormida.

Miré a mi alrededor otra vez. Jamás volvería a pisar esa casa.
Will tenía razón, lo mejor sería ponerla a la venta y tapiar la
buhardilla, por si a los siguientes inquilinos se les ocurría viajar
en el tiempo y no tenían la suerte de encontrarse a un tío Patrick
por el camino.

Fui hasta la caseta del jardín en la que recordaba que había
una sillita infantil para el coche. Era de color rojo; la limpié del
polvo acumulado y, media hora después, logré encajarla bien en
el asiento de atrás de mi coche, que seguía aparcado delante de la
casa.

Conduje durante tres horas hasta Nueva York. Lia durmió la
primera hora y media, pero el resto se dedicó a contemplar el paisaje
con una mezcla de asombro y pánico hacia el exterior. Yo la observaba por el retrovisor y la iba tranquilizando, o al menos eso intentaba, explicándole qué era cada cosa y respondiendo cada una de las
preguntas que salían de su boca con voz temblorosa. Por primera
vez supe lo agotador que resultaba atender a todas las preguntas de
un niño pequeño. La última media hora de camino, más lanzada
y pizpireta, haciéndome reír con sus ocurrencias y asombrándome
con su valentía, me sentí más viva que nunca al ver en ella la ilusión
de descubrirlo todo por primera vez. Como si yo misma volviera a

ser de nuevo una niña feliz, aunque ya sin mi alma gemela al lado que resolviera todas mis dudas; esta vez yo hacía el papel de Will. No habría más lágrimas ni más sufrimiento. Mi alma gemela se había ido, pero me había dejado un pedacito de él.

Todo había pasado a un segundo plano. Mi meta principal en la vida era criar a esa niña. Hacerla feliz. Dejar que volara cuando llegara el momento. Y caminar junto a ella de la mano durante toda mi vida.

Al llegar al apartamento, Lia, que había perdido el miedo inicial, empezó a hacer más preguntas: «¿Qué es esto? (El ascensor.) ¿Para qué sirve? (Para subir.) ¿Qué es esto? (Unas llaves.) ¿Para qué sirven? (Para abrir la puerta, tú en tu casa también tenías una, pero mucho más grande.) ¿Qué es esto? (Una cocina equipada.) ¿Qué es esto? (Un reproductor de DVD.) ¿Qué es esto? (Lámparas, luz, bombillas, electricidad.) ¡Uau! ¿Qué es esto? (Una televisión de plasma.) ¿Qué es esto? (Un teléfono móvil.)».

¡Mi móvil! Reí al darme cuenta de que no había pensado en él a lo largo de mis días en el siglo XIX. Lo que más había echado de menos había sido una nevera repleta de ricos y variados alimentos, a veces la entretenida y absorbente televisión, pero, sobre todo, sobre todo, la bañera y poder hacer mis necesidades en un retrete. Consulté la pantalla del móvil. Cincuenta llamadas de Thomas. Me fijé en la fecha, un detalle que tenía mayor importancia si cabe después de haber viajado dos siglos atrás. En el año 2012 había pasado el mismo tiempo que en el siglo XIX, diez días. Increíble todo lo que me había ocurrido en diez días...

Thomas me había dejado diversos mensajes de voz. Estaba preocupado, no sabía qué debía hacer, dónde encontrarme... Me limité a enviarle un mensaje diciéndole que había estado de viaje, que estaba bien y que no volviera a llamarme. Habíamos terminado para siempre. Me respondió al momento con un seco: «Podrías habérmelo dicho antes en vez de hacerte la interesante. Hasta nunca». Fin de la historia.

Encendí la televisión y puse dibujos animados. *Dora, la exploradora* o algo así. Lia abrió mucho su boquita de piñón, con los ojos como platos, y me ignoró completamente cuando la avisé de que era la hora del baño. Tendría que ponerme al día con el tema de los dibujos animados y con los cuentos infantiles. ¡Madre mía! ¡Esa pequeña iba a cambiar mi mundo y mi vida por completo! Bueno… Will, Patrick y mi viaje en el tiempo ya lo habían hecho.

Lia se quedó prendada de los monigotes que salían en la pantalla, hasta que por fin cayó en un profundo sueño tumbada en el sofá. La desvestí, le puse una camiseta de manga corta que le iba enorme y la acosté en mi cama. Aproveché para darme un baño relajante y pensé de nuevo en mi Will. En Patrick. Incluso en *Escorpión* y la madre ausente que mi hermano tuvo la suerte de conocer en 1808. Jamás olvidaría cada uno de los segundos de la inesperada aventura que había vivido, cuando lo único que buscaba era una respuesta a la extraña desaparición de mi hermano.

Luego me acosté junto a Lia y me quedé toda la noche en vela, mirándola. No quería cerrar los ojos por si todo era un sueño. Temía que así fuera y que, al despertarme, la pequeña —mi pequeña— no estuviera ahí.

***

Después de cientos de preguntas, todas satisfechas, y unos cuantos días en los que parecía sentirse perdida y desbordada por los muchos estímulos que Nueva York le ofrecía, la pequeña Lia terminó adaptándose bien al año 2012. Compramos mucha ropa, infinidad de vestidos, vaqueros y camisetas que la conquistaron desde el primer día. Nunca más quiso ponerse su vestido de 1813, aunque yo lo guardé como oro en paño junto a las novelas de Escorpión y todas las fotografías de mamá en las que aparecíamos Will y yo. También compramos juguetes, con los que Lia se entretenía durante horas, y yo con ella. Le gustaba la música y los dibujos animados, y a veces me robaba el móvil para jugar al *Candy Crush*. Estábamos juntas las veinticuatro horas del día, paseábamos sin descanso por las calles de la ciudad y Lia seguía alucinando con todo lo que veía a su alrededor, especialmente con los rascacielos. Increíble su extraordinaria capacidad de sorprenderse y entusiasmarse con todo cuanto veía. ¡Cuánto debemos aprender de los más pequeños! Son nuestros maestros.

—Me da que vas a ser arquitecta —le dije un día.

—¿Arqui… qué?

—Diseñadora de edificios muy altos —respondí riendo, señalando el Empire State Building.

—Me gusta esto, tía Lia —dijo con claridad. De nuevo, pensé que hablaba y se expresaba muy bien para la edad que tenía. Era una niña muy inteligente, como Will—. Pero a veces echo de menos los campos, los árboles y el cielo. Este cielo no es igual. Echo de menos a tío Patrick y a papá… Pero contigo estoy muy bien.

—Y yo contigo, mi amor —le dije, aupándola y estrechándola en mi pecho a la vez que besaba su frente.

No quería que Will, Patrick y Aylish quedaran en el olvido, así que cada día hablábamos de ellos. Para recordar a su madre, leía las obras de Escorpión. De mi hermano. En todas ellas, el personaje femenino estaba inspirado en Aylish, la mujer que salva en todos los sentidos a Patrick, su protagonista. Así que también pude hablarle de ella y de lo mucho que le hubiera gustado conocerla y verla crecer. Yo misma, al no haber conocido al gran amor de mi hermano, fui creando un personaje con todos los elementos que él me había confesado y con todo lo que leía sobre ella. Lia me escuchaba con atención y una sonrisa permanente en sus pequeños labios.

**

Con el paso del tiempo también leí alguna novela de mamá. Me pareció curioso que su estilo fuera similar al de Will, aunque las novelas de mamá eran de terror, oscuras y tenebrosas; realmente su mundo interior fue todo un misterio para mí, aunque Will me contara que era una mujer alegre y vital, llena de luz. Cada personaje masculino tenía cicatrices en la espalda, al igual que mi tío Patrick. Cada personaje cargaba con un pasado violento y aterrador, al igual que mamá. Y todos tenían un padre amenazante, repulsivo y malvado, que era capaz de asesinar a su propia familia. Leer a mamá me estremecía, así que solo lo hice con un par de sus novelas, porque no me dejaban dormir bien por las noches. Sin embargo, la obra de Will lograba devolverme por unos instantes al siglo XIX. Vivir a través de las palabras de mi hermano intrépidas aventuras junto a Patrick, un personaje con mucho de Will pero también similar a nuestro tío. En las novelas siempre estaba a lomos de su caballo y era un espíritu libre que al fin había encontrado su lugar en el mundo.

Gracias a lo que escribió Will entre 1808 y 1813, seguía sintiéndolo muy cerca de mí. Los escritores, simples seres de carne y hueso, mueren, pero sus obras permanecen siempre eternas y deseosas de darse a conocer a las nuevas generaciones. Son inmortales. Puede que Will siempre buscase, además de su lugar en el mundo, esa inmortalidad.

Lia & Lia

Septiembre, año 2012

El verano estaba a punto de llegar a su fin. Pronto nos visitaría el otoño y me imaginaba a Lia jugando con las hojas caídas de los árboles en el parque, sonriendo siempre con dulzura, siempre tan feliz. Yo ya estaba planificando nuestros pícnics otoñales en Central Park. ¡Me encanta Central Park en otoño!

Lia y yo teníamos una tradición: salíamos cada noche a la terraza a contemplar las estrellas, aunque ella siempre se quejara de que ese cielo no era el mismo de antes.

—Es que hay pocas estrellas, tía Lia —Estaba muy graciosa cuando fruncía el ceño.

—Ya... Pero mira, las que hay brillan mucho; más que ninguna. Más que mil millones. —Había aprendido a exagerarlo todo, a emocionarme igual que ella con cualquier cosa que veía—. Observa esas dos. ¿Las ves?

—Sí.

—¿Sabes quiénes son? —Negó con la cabeza, alborotándose el cabello—. Ahí está papá Will y mamá Aylish. Juntos, muy juntos..., queriéndose mucho y cuidando de ti, Lia. ¿Y ves aquella de allí? Solitaria y libre, ¿la ves?

—¡Sí! —exclamó, más animada.

—Es tío Patrick. Te guiña un ojo, te sonríe... También te protege.

—¡Oh! ¡Una estrella fugaz!

—¡Es *Escorpión*! —exclamé, tan emocionada como ella—. ¡Corre, Lia! ¡Pide un deseo!

La niña cerró los ojos con fuerza y apretó los labios; yo hice lo mismo. Ambas pedimos un deseo. Desconozco cuál fue el suyo, pero el mío lo tenía muy claro: «Ojalá Lia sea feliz toda su vida. Que conozca un poquito la infelicidad, también, para que sepa valorar y apreciar todo lo bueno. Pero que cada uno de los momentos duros de su vida la hagan una persona fuerte».

***

Al día siguiente, me armé de valor y fuimos hasta el cementerio de New Haven, mi asunto pendiente desde que llegué de mi viaje en el tiempo. Para mí era importante que la pequeña Lia, a pesar de su corta edad, supiera de dónde venía, cuáles eran sus raíces y quiénes fueron sus padres. Desde el primer instante en el que pisó este siglo, tuve la intención de contarle la verdad.

Me planté frente a la tumba de mamá y le dejé unas flores silvestres que pensé que podían gustarle porque eran muy de «su época». La lápida era triste, como vacía de amor y ausente de personas que la amaron. Únicamente ponía su nombre; ni siquiera su apellido era el correcto —Landman—, y la fecha de nacimiento también era errónea. La miré de frente, casi hipnotizada, pensando en cambiarlo todo y poner algo así como:

Aquí yace Dorothy Landman
LA VIAJERA DEL TIEMPO
1776-2007

Y entonces recordé las palabras del tío Patrick como si me las estuviera diciendo ahí mismo: «Fíjese a su alrededor... Fíjese mejor. Sea observadora, no se limite a mirar lo que tiene enfrente». De modo que miré a mi alrededor sabiendo que encontraría algo muy especial. Y así fue. Tres tumbas más allá de la de mi madre, hacia la derecha, había dos muy juntas. La piedra era muy antigua y las letras, desgastadas por el tiempo, apenas se podían leer. Seguramente hacía años que nadie iba a visitarlas, y ya nunca tenían flores frescas a los pies de la lápida. Arranqué los hierbajos y aparté la hiedra para leer mejor. Abrí los ojos, fruncí el ceño e, instintivamente, una lágrima recorrió mi mejilla al leer:

Patrick Landman
1774-1846
Con todo el amor de su
esposa Glenda y su hijo William
Lia: Cumplí mi promesa

La lápida de al lado era la de Glenda, cuya fecha de nacimiento lógicamente también era incorrecta. Ella falleció en 1853. Patrick cumplió su promesa y encontró la manera de decírmelo. A través de su tumba. Una tumba que siempre había estado ahí, y no me había dado cuenta hasta ese momento. ¿Cómo sabía él que debía mirar a mi alrededor? No solo al frente, como lo hacía con la mirada perdida delante de la tumba de mi madre. La suya siempre me había estado esperando. Pero nada de eso importaba ya, porque a veces no hay que encontrarle respuesta a todo.

Lo fundamental, y también lo más bonito, es que tío Patrick fue a buscar a Glenda, otra viajera del tiempo. Y vivieron su amor. E incluso tuvieron un hijo llamado William. Quiero creer que disfrutaron de una vida plena y feliz. Muy feliz.

—¿Qué te pasa, mamá? —preguntó Lia, dejándome boquiabierta. Era la primera vez que me llamaba «mamá» y eso me emocionó aún más.

—Aquí descansan en paz todas las estrellas que vemos en el cielo, mi vida.

La abracé. Entonces ella me agarró muy fuerte y me consoló. Mi pequeña... No podía imaginar la vida, fuera en el siglo que fuera, sin ella.

Cerré los ojos, y al abrirlos, vislumbré a lo lejos a *Escorpión*, el caballo de Patrick. No era posible. No creía lo que estaban viendo mis ojos. El caballo, imponente y poderoso con su pelaje marrón resplandeciente, me enseñó una vez más sus enormes dientes. Parecía sonreírme, diciéndome, con su franca mirada, que todo había ido bien. Volví a cerrar los ojos, y al abrirlos, Escorpión había desaparecido como si nunca hubiera venido a verme. Pero mi sonrisa no desaparecería de mi rostro en todo el día.

> *Tantos siglos, tantos mundos, tanto espacio... y coincidir.*[1]

---

1   De la canción *Coincidir*, de Fernando Delgadillo

EPÍLOGO

Octubre, año 2013

Como cada tarde, Lia Norton, propietaria de un pequeño bufete de abogados en Nueva York, esperaba a las puertas del colegio a su sobrina. La pequeña Lia, de cuatro años, en términos legales era su hija. De hecho, así lo creía todo el mundo, puesto que eran como dos gotas de agua y, además, desde el principio la pequeña había decidido llamarla «mamá» con toda la naturalidad del mundo. Así lo sentía ella. Así lo sentían ambas.

El semblante de Lia cambiaba en cuanto veía asomar a su pequeña por la puerta del colegio, corriendo hacia ella para abrazarla. Era el mejor momento del día. Después, se iban juntas, cogidas de la mano, a pasear por Central Park. ¡Qué bonito es Central Park en otoño! Allí merendaban y hablaban de cómo había ido el día, y la pequeña, curiosa por naturaleza y muy inteligente, siempre tenía cientos de preguntas a la espera de respuestas.

—Mamá, hoy en el cole Matt me ha robado el lápiz. Y Linda me ha dicho que es por amor. ¿Qué es el amor? —preguntó, frunciendo el ceño y torciendo su boquita de piñón.

—El amor... —Lia suspiró sonriendo. Era la primera vez que alguien le preguntaba a ella qué era el amor y se sentía muy afortunada, pues sabía cuál era la respuesta—. El amor, Lia..., es cuando tú me robas cada día mi trozo de chocolate del almuerzo y yo, aun así, sigo dejándolo en el mismo sitio para ti diariamente.

Lia contempló la expresión de su sobrina. Al principio abrió mucho sus ojos azules casi transparentes, luego frunció el ceño, pensativa. Como distraída en otro mundo. Y, finalmente, asintió complacida por la respuesta.

—A lo mejor ahora no lo entiendes, Lia. Pero, créeme, algún día lo entenderás.

—Gracias, mamá.

***

De vuelta a casa, situada a solo cinco minutos de Central Park, Lia se asustó cuando la pequeña hizo algo nada habitual en ella: se soltó de su mano y fue corriendo hacia un hombre que caminaba por delante lentamente, sin prisas; algo difícil de ver en las bulliciosas calles de Nueva York, donde todo el mundo parece sumido en el apresuramiento. Lia observó con sorpresa cómo la niña se agarraba muy fuerte a la pierna del desconocido. Este, confundido, se volvió y miró hacia abajo para ver quién le estaba frenando el paso.

—¡Tío Patrick! ¡Tío Patrick, eres tú! —gritó la niña, entusiasmada.

Lia se quedó pasmada; en shock, quieta como una estatua. Apenas pudo moverse al contemplar el rostro de ese hombre al que se aferraba la niña.

—Patrick... No puede ser —murmuró Lia, mirándolo fijamente. ¿Acaso se había atrevido a viajar en el tiempo? ¿Solo para verlas?

El hombre las observó confuso, sabiendo que lo estaban confundiendo con otra persona. Esa niña parecía tan feliz con él... Él no las había visto en la vida, pero por algún extraño motivo que desconocía, tampoco le parecieron dos desconocidas. Su expresión de desconcierto indicó a Lia que, efectivamente, no era Patrick. Él nunca viajó en el tiempo, siempre decía que no tenía agallas para hacerlo.

—Perdón, creo que os equivocáis... —dijo el hombre con cara de circunstancias.

No obstante, en ningún momento hizo ademán de apartar a la niña de su pierna; Lia continuaba aferrada, con una sonrisa ilusionada dibujada en su pequeño rostro. Al contrario, pues le sonrió y acarició cariñosamente su cabello lacio y dorado. La cría lo escrutó durante un buen rato, todavía sin creer que se encontraba frente a una copia idéntica de su tío Patrick. Tenía los mismos ojos color miel, su mirada penetrante y a la vez dulce y honesta. La misma piel bronceada, idénticos labios y mandíbula cuadrada y masculina. El mismo físico fuerte e imponente. El pelo lo llevaba corto, aunque del mismo color castaño que el de Patrick. Vestía con unos vaqueros oscuros y una camisa azul celeste; elegante pero cómodo.

—Cariño... Sé que se parece mucho a Patrick, pero...

Lia se acercó a ellos con la intención de coger a la niña y reemprender el camino hacia casa, pero al ver de cerca al hombre, se quedó petrificada otra vez. Era él. ¿Podría ese hombre ser un antepasado de Patrick? En cualquier caso, estaba claro que podría invitarle a tomar un café.

¿Por qué no?

—Me llamo Scott Miller —se presentó sonriente. Idéntica

sonrisa, con los mismos hoyuelos marcados en las mejillas y las atractivas arrugas de expresión tan características de su Tristán particular.

—Increíble… —murmuró Lia, sin poder dejar de mirarlo fijamente—. Eh… Perdón, soy Lia Norton y ella también se llama Lia.

—Es un placer conoceros —dijo Scott, mirando a la niña con dulzura.

—Lia, devuélvele su pierna.

—¡No! Es tío Patrick, yo sé que es él —insistió la pequeña.

—Bueno, pues no tendré más remedio que llevarte a caballito —bromeó Scott.

—¿Lo ves, mamá? ¡Es tío Patrick!

Claro que era él. No el Patrick que conocieron en 1813, no el tío Patrick o el Patrick de Glenda. Pero la coincidencia era maravillosa.

—¿Patrick? —preguntó Scott—. Me gusta ese nombre. Puedes llamarme así, si quieres.

—¡Sí! —gritó la niña, feliz. Scott rio, Lia también.

—Por cierto —continuó diciendo Scott—, ¿de dónde procede vuestro nombre?

Lia se sonrojó, recordando que Patrick le había hecho la misma pregunta hacía siglos.

—Algún día te lo contaré, Scott. Me preguntaba…, ya que le has caído tan bien a mi hija, si…, bueno, si te gustaría venir a merendar con nosotras.

—¡Si ya hemos merendado, mamá!

—¡Menuda aguafiestas eres! —exclamó Lia, divertida.

—Será un placer merendar por segunda vez con vosotras —respondió Scott con una sonrisa, llevando a caballito a la infatigable cría.

Y así, Lia, Scott y la pequeña Lia pasearon por las asfaltadas y modernas calles neoyorquinas para ir a merendar por segunda vez.

Él aún no lo sabía, el encuentro casual tenía una razón que desconocía por completo, pero a partir de ese día, los tres se hicieron inseparables.

AGRADECIMIENTOS

A J., M. y P., mis almas gemelas.

Gracias a todos y a cada uno de los lectores que me acompañan diariamente en esta aventura. Sin vosotros, *La viajera del tiempo* y el resto de los títulos no habrían sido posibles.

Estoy deseando leer tu opinión en Amazon sobre la novela. Tus palabras son muy importantes para futuros lectores. ¡Una cosa más! Por favor, guarda el final en secreto.

Deseo de corazón que hayas disfrutado con cada una de sus páginas.